세상을 가리키는 말은 숲

환상문학전집 ● 34

세상을 가리키는 말은 숲
The word for world is forest

어슐러 K. 르 귄
최준영 옮김

황금가지

THE WORD FOR WORLD IS FOREST
by Ursula K. Le Guin

Copyright © 1972 by Ursula K. Le Guin
All rights reserved.

Korean Translation Copyright © Minumin 2012, 2015, 2021

Korean translation edition is published by arrangement with
Ursula K. Le Guin c/o Curtis Brown Ltd., New York through KCC.

이 책의 한국어판 저작권은 KCC를 통해
Curtis Brown Ltd.와 독점 계약한 ㈜민음인에 있습니다.
저작권법에 의해 한국 내에서 보호를 받는 저작물이므로 무단 전재와 무단 복제를 금합니다.

앞서 간 진을 위하여

1

잠에서 깨자 데이비드슨 지휘관은 어제의 두 가지 일이 마음에 걸렸고, 그것들을 생각하며 잠시 어둠 속에 누워 있었다. 한 가지는 기운 나는 일이었다. 여자들을 가득 태운 우주선이 도착했다. 놀라지 말지어다. 그들이 여기 센트럴빌에, 그러니까 아광속(亞光速)으로 지구에서 27광년 떨어져 있고 스미스 기지에서 호퍼로 네 시간 떨어져 있는 곳에 있었다. 그들은 뉴타이티 식민지를 위한 두 번째 사육 여성 집단으로서, 모두 건강하고 날씬했으며, 최상위 인간 군에 속하는 212명이었다. 어쨌든, 충분히 최상급이었다. 한 가지는 기운 빠지는 일이었다. 흉작과 대규모 침식, 완전한 실패에 관한 덤프 섬에서 온 보고였다. 토실토실하니 예쁘고 섹시하고 가슴 큰 212명의 자그마한 인물들이 줄지어 서 있는 모습이 마음속에서 희미해지면서 갈아엎어 놓은 흙 위에 비가 쏟아져 내리는 모습이 보였다. 비는 흙을 휘저어 진흙으로 만들고, 다시 그 진흙을 붉은색 국물처럼 멀겋게 만들어 버렸다. 그것은 바위들을 지나 비에 강타당하는 바다 속으로 흘러 내려갔다. 침식 작용은 그가 스미스 기지를 관리하기 위해 덤프 섬을 떠나기 전부터 시작되었다. 그리고 그는 이른바 직관적 성질인 아주 비범한 시각적 기억력을 타고났기에 그것을 지금 모두 아주 생생하게 떠올릴 수 있었다. 상사인 키스의 말이 옳은 것 같고, 농장을 세울 계획인 곳에 서 있는 많은 수목들을 벌채하지 않고 내버려 둬야 할 것처럼 보였다. 그러나 그는 땅이 정말로 과학적으로 관리된다면야 콩 농장을 세우는 데 그렇게 넓은 공간을 나무들에 낭비해야 할 이유가 있나 싶었다. 오하이오에서는 그렇지 않았다. 즉 옥수수를 원하면 옥수수를 재배해야 하고 나무 같은 것들에 낭비될 공간이 없었다. 그러나 한편 지구는 길든 행성이고 뉴타이티는 그렇지 않았다. 그가 여기에 있는 목적이 바로 그것이었다. 이곳을 길들이는 것. 덤프 섬이 지금 그저 바위와 골짜기뿐이라면 포기해 버려. 새로운 섬에서 다시 시작해 더 잘 해내는 거야. 우리를 막을 수는 없지, 우린 사내들이라고. 이 빌어먹을 행성아, 그게 무슨 소린지 곧 알게 될 거다. 데이비드슨은 그렇게 생각하고 나서 오두막의 어둠 속에서 씩 웃었다. 그는 도전을 좋아했기 때문이다. 사내들 생각을 하면서 여자들 생각이 났고, 다시 줄 지어 선 그 자그마한 인물들이 웃고 도발적으로 움직이며 그의 마음속을 헤젓기 시작했다.

그는 일어나서 맨바닥을 맨발로 기운차게 걸어가며 크게 소리쳤다.

"벤! 더운 물을 준비해, 빨리빨리!"

호통을 치니 기분 좋게 정신이 들었다. 그는 몸을 쭉 뻗어 가슴을 벅벅 긁고 나서 반바지를 입은 다음에 햇볕이 내리쬐는 개간지로 성큼성큼 오두막을 나섰는데 이 모두가 편안하게 이어진 동작이었다. 그는 덩치 크고 근육이 울퉁불퉁한 사내로서, 자신의 잘 다져진 몸을 써먹는 것을 좋아했다. 그의 크리치인 벤이 준비해 둔 물이 여느 때처럼 불 위에서 김을 내어 올렸고, 벤 또한 여느 때처럼 멀거니 허공을 바라보며 쭈그려 앉아 있었다. 크리치들은 결코 잠을 자지 않았다. 그들은 그저 멍하니 응시하며 앉아 있기만 했다.

"아침 식사! 빨리빨리!"

데이비드슨이 거친 탁자에서 면도기를 집어 들며 말했다. 그것은 벤이 놓아둔 것으로서 막대기로 받쳐 놓은 거울과 수건도 같이 준비되어 있었다.

오늘은 해야 할 일이 많았다. 센트럴 섬으로 날아가 새로운 여자들을 직접 보기로 일어나기 직전에 마음먹었기 때문이다. 그들은 오래가지 못할 게 분명했다. 그 212명은 2000명이 넘는 사내들 사이에 있어야 하는 데다 첫 번째 집단처럼 십중팔구 대부분은 식민지 신부이고 이삼십 명만이 오락부원으로서 왔을 터이기 때문이었다. 그렇지만 그 여자들은 진짜 탐욕스러운 계집들이었으므로 이번에 그중 적어도 한 명과는 일등으로 어울릴 작정이었다. 그는 왼뺨에 씩 웃음을 띠웠다. 오른뺨은 끽끽대는 소리를 내는 면도기에 여전히 긴장해 있었다.

늙은 크리치가 어슬렁거리며 조리실에서 그의 아침 식사를 가져오는 데 한 시간이 걸렸다.

"빨리빨리 하라고!"

데이비드슨이 큰소리를 치자 늘어져 어기적거리던 벤의 움직임이 좀 더 빨라졌다. 벤은 키가 1미터쯤 되었고 등 부위의 털은 초록색보다 흰색에 가까웠다. 그는 나이 들었고 심지어 크리치의 기준으로 보아도 둔했지만, 데이비드슨은 그들을 다루는 법을 알고 있었다. 애쓸 가치만 있다면, 그는 어떤 크리치라도 길들일 수 있었다. 그러나 그럴 가치가 없었다. 이곳에 기계와 로봇들을 조립하고 농장과 도시를 건설하기에 인간들의 숫자는 충분했으므로, 더 이상은 누구도 크리치를 필요로 하지 않게 될 터였다. 잘된 일이었다. 이 세계, 뉴타이티는 말 그대로 인간을 위해 창조되었다. 말끔히 청소되고 쓸어내졌고, 어둠침침한 숲들은 탁 트인 곡식밭을 위해 베어 넘어뜨려졌으며, 원시적인 어둠과 야만과 무지가 일소되었다. 이곳은 천국이, 진짜 에덴동산이 될 터였다. 낡아빠진 지구보다 나은 세계가 될 것이다. 그리고 그것은 그의 세상이 될 것이다. 마음속 깊숙한 곳에서 돈 데이비드슨이 생각하는 자신의 모습이 그랬다. 세상을 길들이는 자. 그는 허풍을 떠는 게 아니라 자신의 능력을 알고 있었다. 어쩌다 보니 그런 사람이 되어 있었다. 그는 자신이 원하는 것과 그것을 얻는 방법을 알았다. 그리고 항상 그것을 얻었다.

아침 식사가 뱃속에 뜨뜻하게 내려앉았다. 유쾌한 기분은 키스 반 스텐이 그를 향해 다가오는 모습을 보고서도 사그라지지 않았다. 키스는 뚱뚱한 백인이었는데, 근심에 잠겨 있고 두 눈은 파란색 골프공처럼 두드러졌다.

키스는 인사말도 없이 얘기를 꺼냈다.

"돈, 벌목꾼들이 스트립에서 다시 붉은사슴을 사냥해 왔네. 휴게소 안쪽에 사슴뿔 열여덟 쌍이 있어."

"밀렵꾼이 밀렵을 못하게 막을 수 있는 사람은 없어요, 키스."

"자네는 막을 수 있어. 우리가 계엄령 아래 살아가고, 군대가 이 식민지를 다스리는 게 그 때문이라고. 법을 지키기 위해서란 말일세."

뚱보 상사의 정면 공격이라니! 우스꽝스러울 정도였다.

"좋아요, 알겠어요."

데이비드슨은 분별 있게 대답했다.

"나는 그들을 막을 수 있어요. 하지만 봐요, 내가 돌봐야 할 건 바로 그 사람들이라고요. 당신 말처럼 그게 내 일이죠. 그리고 중요한 건 사람이에요. 짐승이 아니란 말이죠. 법적인 권한을 약간 넘어선 사냥이 인간들로 하여금 이 빌어먹을 생활을 견뎌 내도록 돕는다면 나는 눈감아 줄 작정입니다. 그들에게는 약간의 오락이 있어야 한다고요."

"그들에겐 게임, 운동, 취미 생활, 영화, 지난 세기의 모든 주요 스포츠 행사의 텔레테이프들, 주류, 마리화나, 환각제들이 있네. 그리고 위생적인 동성애를 위해 군대가 마련한 다소 상상력 부족한 제도에 만족하지 못하는 사람들을 위해 센트럴에는 갓 도착한 여자들이 있어. 그들은, 그러니까 자네의 전방의 영웅들은 썩어 빠졌네. 그리고 '오락'을 위해서 희귀한 토종 동물들을 몰살시킬 필요는 없어. 자네가 조치를 취하지 않겠다면, 나는 고드 선장에게 올리는 보고서에디 생태 익정서에 관한 중요한 위반 행위를 기록할 수밖에 없네."

"당신이 그러는 게 옳다고 생각되면 그러실 수도 있지요, 키스."

데이비드슨은 결코 평정을 잃지 않았다. 키스 같은 유럽 사람이 자기 감정에 대한 통제력을 잃어 얼굴이 온통 벌게지는 것을 보면 좀 애처로웠다.

"결국, 그게 당신 일이니까요. 그것 때문에 내가 당신을 원망하지는 않을 겁니다. 그리고 사람들이 센트럴에서 논쟁을 벌여 누가 옳은지 결정할 수도 있겠죠. 보세요, 키스, 당신은 사실 이곳을 딱 이런 식으로 유지하고 싶은 거죠. 하나의 커다란 국유림처럼 말입니다. 관찰하기 위해서, 연구하기 위해서요. 대단해요, 당신은 전문가예요. 하지만 보라고요, 우리는 그저 할 일을 하는 평범한 놈들일 뿐입니다. 지구는 나무가 필요해요, 꼭 필요하죠. 뉴타이티에는 숲이 있어요. 그래서…… 우리가 벌목꾼들인 거죠. 봐요, 우리가 다른 점은 당신은 사실 지구를 최우선으로 하지 않는다는 겁니다. 나한테는 최우선이고."

키스는 그 파란 골프공 같은 눈동자로 그를 곁눈질했다.

"그래? 자네는 이 세계를 지구처럼 만들고 싶은 건가, 엉? 시멘트 사막으로?"

"키스, 내가 지구를 말할 때 그건 사람들을 뜻하는 겁니다. 인간들이오. 당신은 사슴과 나무와 대마(大麻)를 걱정하죠, 좋습니다, 그게 당신한테는 중요한 문제죠. 하지만 나는 문제들을 긴 안목으로, 제일 중요한 것에서부터 덜 중요한 것으로 보고 싶다고요. 그리고 아직까지 제일 중요한 것은 인간입니다. 우리는 지금 여기에 있어요. 그러니 이 세계는 우리 식대로 되어 갈 겁니다. 마음에 들든 안 들든, 그것이 당신이 직면해야 할 사실이죠. 만사가 그냥 그렇게 돌아가고 있다는 겁니다. 자, 키스, 나는 센트럴에 잠깐 가서 새로운 식민지 주민들을 훑어볼 겁니다. 같이 가고 싶어요?"

"고맙지만 사양하겠네, 데이비드슨 지휘관."

그 별난 인간은 그렇게 대답하면서 연구실 오두막 쪽으로 갔다. 그는 정말로 화가 나 있었다. 저 멋진 사슴들 때문에 완전히 뒤집어진 것이다. 그것들은 더할 나위 없이 대단한 짐승들이었다. 데이비드슨의 생생한 기억력은 여기 스미스 섬에서 보았던 첫 번째 사슴을 회상해 냈다. 크고 붉은 빛의 그림자 같은 모습에 몸 길이가 어깨까지 2미터쯤 되었다. 좁다랗게 가지진 금빛 뿔 왕관도 기억났다. 잽싸고 용맹한 짐승으로서, 상상할 수 있는 최상의 오락용 짐승이었다. 저 지구에서는 이제 로키산맥 주변 지역이나 히말라야 국립공원에서도 로봇 사슴을 이용했고, 진짜 사슴들은 거의 자취를 감췄다. 그것들은 사냥꾼의 꿈이었다. 그러니 사냥당하고 말 터였다. 젠장, 야생 크리치들조차도 조잡하고 보잘것없는 활을 가지고 그것들을 사냥했다. 사슴들이 거기에 있는 것은 결국 사냥당하기 위해서였다. 그러나 늙고 가여운, 약자를 지나치게 동정하는 키스는 그것을 이해할 수 없었다. 사실 똑똑한 친구였지만, 현실적이지 않고 충분히 의지가 강하지 못했다. 그는 승자 편에서 게임을 하지 않으면 지고 만다는 것을 몰랐다. 그리고 이기는 것은 인간이었다. 매번. 경험 많은 신대륙의 정복자 말이다.

데이비드슨은 정착지를 성큼성큼 걸어갔다. 두 눈에 아침 햇살과 베인 나무 냄새와 장작을 땐 연기 냄새가 따뜻한 공기 속에서 기분 좋게 느껴졌다. 벌목 기지의 사정은 아주 괜찮아 보였다. 이곳에 있는 200명의 인간들은 지구력으로 딱 세 달 동안 상당한 넓이의 황무지를 일구어 놓았다. 스미스 기지의 모습은 이랬다. 물결 모양 플라스틱으로 만들어진 두 개의 대형 측지선 돔(다각형 격자를 짜 맞춘 돔 ― 옮긴이), 크리치 일꾼들이 세운 마흔 채의 목조 오두막집, 제재소가 있었고, 통나무들과 재목들이 있는 부지 너머로 푸른 연기를 나부끼는 넌소기(燃燒器)가 있었다 언덕 위에는 헬리콥터와 중장비들을 위한 대형 조립식 격납고 및 비행장이 있었다. 그게 다였다. 그러나 그들이 이곳에 왔을 때는 아무것도 없었다. 나무들뿐이었다. 끝없이, 무의미하게, 어둠침침하니 무질서하게 아무렇게나 뒤얽혀 있는 나무들뿐이었다. 느릿느릿 흐르는 강물이 불쑥 튀어나왔다가 나무들에게 목이 졸렸고, 크리치 굴들 몇 개가 그 나무들 사이에 숨겨져 있었으며, 몇몇 붉은사슴들, 털투성이 원숭이들, 새들밖에 없었다. 머리 위로 발밑으로 뿌리, 줄기, 큰 가지, 잔가지, 잎사귀 들뿐이었다. 정면에, 시야에 들어오는 것이라고는 끝없는 나무들 위에 끝없는 나뭇잎들뿐이었다.

뉴타이티 행성은 대부분 바다였다. 온난하고 얕은 바다 여기저기에 모래톱과 작은 섬, 군도, 그리고 다섯 개의 큰 육지가 불거져 나와 있었다. 다섯 개의 큰 육지는 행성의 북서쪽 4분의 1반구를 가로지르는 2500킬로미터의 호에 걸쳐 놓여 있었다. 그리고 점점이 나 있는 이 모든 육지들이 나무들로 뒤덮여 있었다. 대양. 그리고 숲. 뉴타이티에서 선택할 것은 둘 중의 하나였다. 바다와 햇빛, 아니면 어둠과 잎사귀들.

그러나 인간은 이제 여기서 어둠을 종식시켰고, 뒤죽박죽인 나무들을 깨끗이 베인 나무판자들로 바꾸었다. 그것들은 지구에서 금보다도 더 귀했다. 말 그대로, 금은 바닷물과 북극의 얼음 밑에서 얻을 수 있지만 목재는 그렇지 못했다. 목재는 오로지 나무에서만 얻을 수 있었다. 그리고 그것은 지구상에서 정말로 꼭 필요한 고급품이었다. 그래서 외계의 숲들은 목재로 바뀌었다. 로봇 톱과 운송 수단을 보유한 200명의 사람들이 스미스 섬에서 나무를 베어 낸 스트립의 폭은 석 달 만에 이미 12킬로미터에 이르렀다. 기지에서 가장 가까운 스트립의 그루터기들은 이미 허예져 퀴퀴한 냄새를 풍기고 있었다. 화학적으로 처리된 그것들은 영구적인 식민지 주민들과 농부들이 스미스 섬에 정착할 때쯤이면 비옥한 흙으로 바뀌어 있을 터였다. 농부들이 해야 할 일이란 씨를 뿌리고 그것들이 싹을 틔우게 내버려 두는 것뿐이었다.

 그것은 전에 한 번 행해진 적이 있었다. 그것은 기묘한 일이었고 실제로 뉴타이티가 인간이 떠맡도록 예정되어 있었다는 증거였다. 이곳의 모든 물질은 백만 년 전쯤 지구에서 비롯했고, 진화의 경로가 아주 비슷하여 사물의 형태를 단박에 알아볼 수 있었다. 소나무, 참나무, 호두나무, 밤나무, 전나무, 호랑가시나무, 사과나무, 물푸레나무. 사슴, 새, 쥐, 붉은다람쥐, 원숭이. 물론 헤인 대버넌트 행성의 휴머노이드들은 이것을 그들이 지구를 식민지화하면서 동시에 행한 일이라고 주장하지만, 그 외계인들이 하는 말을 들어 보면 그들이 은하계 안의 모든 행성에 정착했었고 압정에서부터 성(性)에 이르기까지 모든 것을 발명했다고 주장한다는 것을 깨달을 것이다. 그보다는 아틀란티스 섬에 관한 가설들이 훨씬 더 현실적이었고, 이 행성은 사라진 아틀란티스의 식민지일지도 몰랐다. 그러나 이곳의 인간들은 멸종되었다. 그리고 원숭이 계통에서 발전하여 그 인간들을 대신하기에 가장 가까운 것이 크리치들이었다. 그들은 키가 1미터쯤 되고 초록색 털로 뒤덮여 있었다. 외계인으로서는 표준에 가깝지만 인간으로서는 실패였다. 성공하지 못했다. 백만 년이 더 지나면 인간에 이를지도. 그러나 정복자들이 먼저 도착했다. 진화는 천 년에 한 번 무작위로 일어나는 돌연변이의 속도에 맞춰 진행되는 것이 아니라 지구 함대 우주선들의 속도에 맞추어 진행되었다.

"안녕하세요, 지휘관님!"

데이비드슨은 돌아보았다. 반응은 눈 깜짝할 새만큼 늦었을 뿐이지만, 그가 짜증내기에는 충분했다. 이 빌어먹을 행성, 이곳의 금빛 햇살과 멀건 하늘, 부엽토와 꽃가루 냄새가 나는 부드러운 바람에는 뭔가가, 사람을 공상에 빠트리는 독특한 뭔가가 있었다. 정복자들과 숙명 따위를 생각하며 어슬렁거리다 보면 어느새 크리치처럼 둔하고 굼뜨게 행동하고 있는 것이었다.

"잘 잤나, 오크!"

데이비드슨은 벌목 십장에게 활기 넘치게 인사했다.

강삭처럼 억세고 피부가 검은 오크내너위 나보는 키스와 신체적으로는 정반대의 사람이었지만, 그와 똑같이 근심 어린 표정을 짓고 있었다.

"잠깐 시간 있어요?"

"그럼. 무슨 걱정 있나?"

"저 쪼그만 녀석들 말입니다."

그들은 쪼개진 가로장 울타리에 등을 기대었다. 데이비드슨은 그날의 첫 마리화나 담배에 불을 붙였다. 연기로 푸르스름해진 햇빛이 허공을 가로질러 비스듬히 따뜻하게 내리쬐었다. 기지 뒤의 숲, 폭이 400미터쯤 되는 아직 나무를 베어 내지 않은 스트립은 희미하게 쉴 새 없이 우지직거리는 소리, 키득거리는 소리, 살랑대는 소리, 씽 하고 날아가는 소리, 은방울 굴리듯 맑은 소리들로 가득했다. 아침의 숲에는 그런 소리들이 넘쳐난다. 1950년도의 아이다호가 이 개척지 같았을지 모른다. 또는 1830년도의 켄터키가 그랬을지도. 아니면 기원전 50년에 갈리아가 그랬을지도. 먼 곳의 새가 "쩍쩍"하고 울었다.

"저놈들을 쫓아 버렸으면 좋겠어요, 지휘관님."

"크리치들 말인가? 무슨 뜻이지, 오크?"

"그냥 보내 버려요. 나는 제재소에서 그들이 먹는 것을 보상할 만큼 충분히 작업량을 뽑아 내지 못하겠어요. 아니면 원래 빌어먹을 골칫덩어리들이기 때문인지도 모르죠. 그놈들은 일을 하지 않는다고요."

"자네가 일 시키는 요령만 알면 그들이 일을 할 텐데. 그놈들이 저 기지를 세웠다고."

오크내너위의 흑요석 같은 얼굴은 시무룩했다.

"글쎄요, 지휘관님은 그놈들과 말이 통하나 봅니다. 나는 아녜요."

그는 잠깐 멈추었다가 다시 말했다.

"'외딴 지역'을 위한 교육 때 받은 응용 역사 강의에서 노예 제도는 결코 효과가 없다고 했어요. 그건 비경제적이에요."

"맞아, 하지만 이건 노예 제도가 아닐세, 오크. 노예란 인간이야. 소를 키우면서, 그걸 노예라고 부르나? 아니지. 그리고 노예 제도는 효과가 있어."

침착하게 십장은 고개를 끄덕거렸지만 이렇게 말했다.

"저들은 너무 심해요. 나는 저 부루퉁한 크리치들을 굶겨서 일을 시켜 볼까 했어요. 그랬더니 그냥 앉아서 굶주리고 있더라고요."

"그래, 저들은 보잘것없어. 하지만 저들에게 속지 말게. 저들은 강인해. 지독한 인내심을 지녔다고. 그리고 인간처럼 고통을 느끼지 않아. 그게 자네가 잊고 있는 부분이지, 오크. 자네는 크리치를 때리는 것을 어린아이를 때리는 것처럼 생각해. 장담하네만, 그들이 고통을 느낀다고 해도 로봇을 때리는 것과 더 비슷하다네. 보게, 자네는 암컷 크리치들하고 섹스를 해 봤잖나. 그들이 어떻게 아무것도, 그러니까 아무런 쾌락도, 아무런 고통도 느끼지 않는 것처럼 보이는지 알 걸세. 그들은 꼭 자네가 뭘 해도 상관없는 매트리스인 양 그저 누워 있을 뿐이야. 그들은 모두 그래. 아마 인간보다 좀 더 원초적인 신경을 지녔을 거야. 물고기처럼 말일세. 그에 대해서 희한한 일 한 가지를 얘기해 줌세. 내가 여기에 오기 전 센트럴 섬에 있었을 때, 길든 수컷 크리치 하나가 나한테 덤벼들었어. 자네는 그들이 결코 싸우지 않는다고 들은 줄로 아네. 하지만 이 크리치는 미쳤었어, 제대로 돌았지. 다행히도 그놈은 무장을 하지 않았는데, 무장했더라면 나를 죽일 뻔했지. 나는 그 자식을 초주검이 되도록 패 주고 나서야 놓아주었네. 그런데 그놈이 계속 덤벼들더라고. 그렇게 두들겨 맞으면서도 그걸 전혀 못 느끼는 게 믿어지지 않더군. 마치 자기가 이미 밟혀 찌부러진 줄 모르는 벌레를 계속 밟고 있는 것 같았다고. 이것 보게나."

데이비드슨은 바짝 깎은 머리를 숙여 한쪽 귀 뒤에 마디진 혹을 보여 주었다.

"뇌진탕을 일으킬 뻔했지. 내가 그놈의 팔을 부러뜨리고 얼굴을 묵사발로 만들어 준 다음에 그놈이 한 짓일세. 그저 계속해서 덤벼들고 또 덤벼들더라고. 요는 이걸세, 오크. 크리치들은 게을러, 둔해, 믿을 수 없고. 그리고 그들은 고통을 느끼지 않아. 그들을 대할 때는 강인해야 해, 계속 가차 없이 대해야 한다고."

"그들은 그렇게 애쓸 가치가 없어요, 지휘관님. 뚱하니 쬐끄맣고 푸르딩딩한 망할 놈들, 그놈들은 싸우지도 않고 일하지도 않고 아무것도 하려고 하지 않아요. 나를 성질나게 하는 것만 빼고요."

그 밑에 깔린 고집이 드러나는 오크내너위의 투덜거림에는 온정이 있었다. 그는 크리치들을 때리지 않을 것이다, 그들이 훨씬 작기 때문에. 그것은 그의 마음속에 분명했고, 이제 데이비드슨에게도 분명했다. 데이비드슨은 바로 그것을 인정했다. 그는 부하 다루는 법을 알고 있었다.

"자, 오크. 이렇게 해 봐. 우두머리들을 뽑아서 그들에게 환각제 주사를 놓을 거라고 말하게. 메스칼린이든 뭐든, 그들은 구별 못해. 하지만 그것들을 겁내지. 지나치게 엄포를 놓지는 말게, 그러면 효과가 있을 거야. 내 장담할 수 있네."

"왜 그들은 환각제를 무서워하죠?"

십장이 궁금해하며 물었다.

"내가 어찌 알겠나? 여자들이 왜 쥐를 무서워하지? 여자한테서든 크리치한테서든 분별을 찾지 말게, 오크! 오늘 아침 내가 센트럴에 가는 길에 대해서 말인데, 자네를 위해서 콜리 걸 하나를 찜해 줄까?"

"해고당할 때까지 여자는 좀 참으렵니다."

오크가 씩 웃으며 말했다. 크리치 한 무리가 지나갔다. 그들은 강 옆에 건설 중인 휴게실을 위해 굵기가 가로 세로 30센티인 기다란 들보를 운반하고 있었다. 느릿느릿 꾸물거리는 자그마한 존재들, 그들은 뚱하니 서툴게, 죽은 쐐기 벌레에 달라붙은 개미 떼처럼 커다란 들보에 달라붙어 낑낑대고 있었다. 오크내너위는 그들을 지켜보다가 말했다.

"지휘관님, 사실 저들을 보면 등골이 오싹해요."

오크처럼 강인하고 차분한 사내에게서 나온 말이라기에는 기묘했다.

"음, 사실은 자네 말에 동의하네, 오크. 저들은 우리가 애쓸, 또는 위험을 무릅쓸 가치가 없어. 저 등신 같은 류보프가 부근에서 어정거리지 않고 대령이 '규약'을 따르는 데 그렇게 심혈을 기울이지 않는다면, 우리는 이 자발적 노동자들을 쓰는 대신 우리가 정착할 지역들을 그냥 깨끗이 쓸어버렸을 것 같네. 그 지역들은 언젠가 말끔히 청소될 걸세, 그리고 곧 그렇게 될 것 같군. 만사가 그렇게 돌아가게 되어 있어. 원시 종족은 문명화된 종족에게 늘 밀려나게 돼 있다고. 아니면 동화하든가. 하지만 나는 많은 초록색 원숭이들이 동화하지 못할 거라고 확신하네. 그리고 자네 말대로, 저 정도 영리해 가지고는 결코 아주 믿음직스럽지 못할 거야. 아프리카에 살았다던 큰 원숭이들처럼 말이야, 그것들 이름이 뭐였더라?"

"고릴라요?"

"맞아. 아프리카에서 고릴라들 없이 일하는 게 더 나았던 것처럼, 여기서도 크리치들 없이 일하는 게 더 나을 걸세. 그들은 방해돼…… 하지만 잔소리쟁이 노인네께서 크리치 노동자를 쓰라고 말씀하시니, 크리치 노동자를 써야지. 당분간은. 알겠나? 저녁때 보세, 오크."

"알겠어요, 지휘관님."

데이비드슨은 스미스 기지 사령부에서 호퍼를 대여했다. 사령부는 소나무 판자로 지은 가로 세로 높이 모두 4미터짜리 입방체 모양으로서, 책상 두 개와 냉수기가 있었고, 버노 부관이 워키토키를 수리하고 있었다.

"그동안 기지를 태워 먹지 말게나, 버노."

"콜리 걸 한 명만 데려다 주세요, 대장. 금발머리로. 34-22-36인치요."

"제길, 그게 다야?"

"단정한 콜리가 좋아요, 늘어진 것들 말고요, 보세요."

버노는 허공에다 의미심장하게 자기가 좋아하는 타입의 특색을 묘사했다. 데이비드슨은 씩 웃으면서 격납고로 올라갔다. 그는 기지 위로 다시 헬리콥터를 몰아오면서 그곳을 내려다보았다. 아이들의 장난감 블록 같은 목재들, 약도 같은 길들, 길쭉하게 그루터기들만 남은 개간지들, 헬리콥터가 고도를 높이자 그 모든 것들이 조그마해졌다. 그리고 그는 이 큰 섬의 베여

나가지 않은 녹색 숲들과, 그 암녹색 너머 끝없이 이어지는 바다의 연초록 빛을 보았다. 이제 스미스 기지는 노란색 점처럼, 광대한 초록색 태피스트리 위에 먼지 얼룩처럼 보였다.

그는 스미스 해협을 건너고, 숲이 울창하고 깊숙이 포개어진 센트럴 섬의 북쪽 산맥들을 넘어, 정오쯤에 센트럴빌에 착륙했다. 어쨌든 숲 속에서 세 달 동안 지내고 나니 그것은 도시처럼 보였다. 진짜 거리들, 진짜 건물들이 있었는데, 4년 전 식민지가 시작되었을 때부터 그 도시는 거기에 있었다. 도시의 남쪽으로 800미터쯤 되는 곳에 그루터기만 남은 땅들과 콘크리트 도로들 위로 센트럴빌의 어느 것보다도 키가 큰 금빛 성채 하나가 반짝이는 것을 보게 될 때에서야, 이 도시가 정말로 얼마나 별 볼일 없는 개척 도시인지 알게 된다. 그 우주선은 여기서는 아주 커 보여도 그렇게 큰 우주선은 아니었다. 소형선이자 착륙선으로서, 우주선의 작은 비행정일 뿐이었다. 그 우주선의 아광속 우주선인 '섀클턴 호'는 50만 킬로미터 위 궤도에 떠 있었다. 그 소형선은 성간을 잇는 지구 기술의 정점에 이른 정밀함과 장대함, 그 힘, 그 거대함의 아주 작은 일부, 그저 손톱만 한 것일 뿐이었다.

그 때문에 고향별에서 온 우주선을 보고 데이비드슨의 눈에 잠깐 눈물이 비쳤던 것이다. 그는 그것이 부끄럽지 않았다. 그는 애국적인 사람이었는데, 어쩌다 보니 그런 사람이 되어 있었다.

어느 쪽 끝으로도 볼 게 별로 없이 넓은 전망을 지닌 개척 도시의 거리들을 따라 걸어 내려가면서 이내 그는 웃음을 띠기 시작했다. 물론 여자들이 있기 때문이었고, 새로운 여자들임을 알 수 있었다. 대부분 딱 붙는 긴 치마를 입고 붉은색이나 보라색 또는 금색의 고무 덧신같이 큰 신발을 신었으며, 주름 장식이 달린 금색이나 은색 셔츠를 입고 있었다. 더 이상 젖꼭

지가 들여다보이는 구멍은 없었다. 유행이 바뀐 것이다. 그것은 아주 유감스러웠다. 그들은 모두 높이 올림머리를 하고 있었는데, 무슨 접착제 같은 것을 뿌려 놓은 게 분명했다. 지독하게 보기 흉했지만, 여자들만이 머리에 할 만한 짓이라 자극적이었다. 데이비드슨은 젖가슴이 크고 머리보다도 몸에 털이 더 많은, 어느 작달막한 유럽-아프리카 혼혈 여인을 보고 씩 웃었다. 그녀는 웃어 주지 않았지만, 튀어나온 엉덩이를 흔드는 모습이 분명하게 '따라와요, 따라와, 나를 따라와요'라고 말하고 있었다. 하지만 데이비드슨은 따라가지 않았다. 아직은 따라갈 때가 아니었다. 그는 중앙 사령부로 갔다. 조립식 바닥재와 플라스틱 플레이트를 사용한 표준형 사령부로서 마흔 개의 사무실과 열 개의 냉수기 그리고 지하 무기고가 있었다. 그는 뉴타이티 중앙 식민 행정 사령부에 왔음을 보고했다. 두 명의 소형선 승무원을 만났고, 삼림부에 나무껍질 벗기는 기계인 새로운 세미로봇을 신청했으며, 오후 2시에 루아우 바에서 오랜 친구인 주주 세렝을 만났다.

그는 술을 마시기 전에 조금 요기를 하러 한 시간 일찍 그 술집에 갔다. 류보프가 거기에 있었는데, 함대 제복을 입은 두 명의 사내와 함께 있었다. 섀클턴 호의 소형선을 타고 내려온 무슨 전문가들 같았다. 데이비드슨은 우주 항해군, 그러니까 행성 위에서 해야 하는 더럽고 진흙투성이에 위험한 일은 지상군에게 버리고 가는 수많은 멋들어진 우주 호퍼들을 대단하게 여기지 않았다. 그러나 고급 장교는 고급 장교였고, 어쨌든 류보프가 제복을 입은 아무하고라도 친구 노릇을 하고 있는 것을 보니 웃겼다. 그는 그의 특이한 방식대로 두 손을 흔들어 대며 이야기하고 있었다. 딱 그를 지나칠 때 데이비드슨이 그의 어깨를 두드리며 말했다.

"안녕하신가, 친구. 어떻게 지내시나?"

그는 류보프의 성난 얼굴을 보지 못하는 게 아쉽기는 했지만 기다리지 않고 그냥 나아갔다. 류보프가 그를 미워하는 태도는 정말로 웃기는 데가 있었다. 아마도 그 사내는 많은 지식인들처럼 여자같이 나약하고 데이비드슨의 남자다움을 불쾌하게 여기는 것 같았다. 어쨌든 데이비드슨은 류보프를 미워하느라 잠시라도 낭비할 생각이 없었다. 그럴 가치가 없는 자였다.

 루아우가 최고의 사슴 고기 스테이크를 내왔다. 한 남자가 한 끼 식사에 1킬로그램의 고기를 먹는 것을 보면 옛 지구 사람들이 뭐라고 했을까? 콩이나 열심히 먹어 댄 가련하고 불쌍한 인간들 같으니! 그러고 나서 데이비드슨이 자신 있게 예상했던 것처럼, 주주가 새로운 콜리 걸들 중 제일 괜찮은 여자들을 데리고 왔다. 성욕을 불러일으키는 두 미녀들로, 신부들이 아니라 오락 부원들이었다. 아아, 저 케케묵은 식민 행정 사령부가 가끔은 기대에 부응한다니까! 길고 화끈한 오후였다.

 그는 기지로 돌아가면서 바다 위 거대한 금빛 안개의 침상 꼭대기에 놓여 있는 태양과 나란히 스미스 해협을 건넜다. 그는 조종석에 기대어 앉아 노래를 불렀다. 스미스 섬이 흐릿하게 시야에 들어왔는데, 기지 위로 연기가 피어오르고 있었다. 기름을 쓰레기 연소기에 넣었을 때처럼 짙은 색의 연기였다. 그 사이로 건물들을 알아볼 수조차 없었다. 착륙장에 내리고 나서야 숯검정이 된 제트기와 파괴된 호퍼들, 완전히 타 버린 격납고를 보았다.

 그는 호퍼를 다시 띄워 기지 위로 날아갔다. 너무 낮게 날아서 연소기의 높은 원뿔을 칠지도 몰랐다. 그것이 유일하게 솟아 있는 것이었다. 나머지는 모두 사라졌다, 제재소, 용광로, 재목 저장소, 사령부, 오두막집들, 막사들, 크리치 수용소, 그 모든 것이. 검은 잔해와 파괴된 것들은 여전히 연기를 피워 올리고 있었다. 그러나 산불은 아니었다. 숲은 폐허 옆에 초록색을 띠고 그대로 있었다. 데이비드슨은 들판을 쑥 둘러보고 나서 호퍼를 착륙시켜 불을 밝혀 오토바이를 찾았다. 그러나 독한 냄새를 뿜으며 연기를 피우는 격납고와 기계들의 잔해와 더불어 그것 역시 거무스름한 잔해가 되어 있었다. 그는 기지 쪽으로 성큼성큼 걸어갔다. 무선 통신 막사였던 것을 지나칠 때, 마음이 갑자기 바뀌었다. 한 걸음도 망설임 없이 그는 가던 방향을 바꾸어 길에서 벗어나 파괴된 막사 뒤로 갔다. 거기서 그는 멈추어 섰다. 그리고 귀를 기울였다.

거기에는 아무도 없었다. 온통 적막했다. 불은 한참 전에 꺼져 있었다. 오로지 커다란 목재 더미만이 연기를 피워 올리며 재와 숯 아래 뜨거운 붉은 색을 내보이고 있었다. 저 직사각형의 잿더미는 금보다도 가치 있던 것이었나. 그러나 믹시의 오두막들이 거무스름한 잔해에서는 아무런 연기도 피어오르지 않았다. 그리고 그 재 속에 뼈들이 있었다.

데이비드슨의 머리는 이제 극도로 명료하고 민활하게 돌아가고 있었다. 그러면서 그는 무선 통신 막사 뒤에 몸을 웅크렸다. 두 가지 가능성이 있었다. 첫 번째는 또 다른 기지에서 습격한 것이다. 킹 또는 뉴자바 섬의 일부 관리들이 미쳐서 반란을 꾀한 것이다. 두 번째는 행성 바깥에서 공격한 것이다. 그는 센트럴의 우주선 격납고에서 그 금빛 성채를 보았다. 그러나 새클턴 호가 사적인 무장선이 되었다면 왜 센트럴빌을 접수하는 대신에 작은 기지를 파괴하는 것으로 무장 행위를 시작했을까? 아니다, 외계인의 침략이 틀림없었다. 어느 미지의 종족, 아니면 세티아 인들이나 헤인 인들이 지구의 식민지로 옮겨 가기로 작정했을지도 모른다. 그는 그 망할 놈의 영리한 휴머노이드들을 결코 신뢰하지 않았다. 이것은 열폭탄으로 저지른 짓임에 틀림없었다. 제트기와 에어카와 핵무기들을 보유한 침략군은 남서쪽 사반구의 섬이나 갈대밭 어디라도 쉽게 숨을 수 있었다. 호퍼로 되돌아가서 경보를 발해야 한다. 그러고 나서 주위를 둘러보면, 정찰을 하면, 실제 상황에 대한 그의 판단을 중앙 사령부에 알릴 수 있을 것이다. 그가 막 몸을 일으킬 때 목소리들이 들렸다.

　인간의 음성이 아니었다. 높고 자그마하게 종알대는 소리였다. 외계인들이었다.

　통신 막사의 플라스틱 지붕은 열 때문에 박쥐 날개 모양으로 바뀌어 못 쓰게 되어서 땅바닥에 놓여 있었는데, 그는 그 지붕 뒤로 기어가서 꼼짝하지 않고 귀를 기울였다.

　네 명의 크리치가 그에게서 몇 미터쯤 떨어진 길을 걸어갔다. 칼과 주머니들이 달려 있는 느슨한 가죽 허리띠를 빼고는 아무것도 걸치지 않은 야생 크리치들이었다. 그중 아무도 길든 크리치에게 보급하는 반바지를 입지 않았고 가죽 목걸이도 차지 않았다. 기지 내에 있던 자발적 노동자들은 인간과 함께 불태워진 게 틀림없었다.

　그들은 그가 숨어 있는 곳으로부터 조금 떨어진 곳에 멈추어 서며 느릿하게 종알대는 소리로 이야기했고, 데이비드슨은 숨을 죽였다. 그들에게 발견되지 않기를 바랐다. 대체 저 크리치들이 여기서 뭘 하고 있을까? 그들은 침략자들을 위한 첩자나 정찰병 노릇이나 할 수 있을 뿐일 터였다.

　한 크리치가 남쪽을 가리키며 이야기하더니 돌아섰고, 그래서 데이비드슨은 그것의 얼굴을 볼 수 있었다. 그리고 그 얼굴을 알아보았다. 크리치들은 모두 똑같이 생겼다. 그런데 이 크리치는 달랐다. 데이비드슨이 그 얼굴에 온통 자신의 서명을 해 놓은 것이 1년도 안 된 일이었던 것이다. 그놈은 바로 센트럴에서 해까닥하여 그를 공격했던 크리치였다. 살인을 저지르려고 했던 크리치, 바로 류보프의 애완동물이었다. 저것이 대체 여기서 뭘 하고 있지?

　데이비드슨의 머리가 빠르게 돌아갔고 일이 직감적으로 이해되었다. 여느 때처럼 재빨리 반응하여 그는 총을 컨 채 갑자기 우뚝 태평하게 일어나

섰다.

"거기 크리치들. 멈춰라. 그대로 있어. 꼼짝 말라고!"

그의 목소리는 채찍 끝처럼 갈라져 나왔다. 네 명의 작은 초록색 생물체들은 움직이지 않았다. 얼굴에 두들겨 맞은 자국이 있는 크리치가 검은 파편들 너머 크고 공허한 눈으로 그를 쳐다보았는데 그 속에는 아무런 빛이 없었다.

"당장 대답해. 이 불을 누가 일으켰지?"

무응답.

"당장 대답하라고. 빨리! 대답이 없으면, 첫 번째 놈을 처형하겠다. 그리고 다음 녀석, 또 다음 녀석, 알겠나? 이 불을 누가 일으켰나?"

"우리가 기지를 태웠다, 데이비드슨 지휘관."

센트럴에서의 그 녀석이 대답했다. 기묘하게 작은 목소리라서 어딘지 인간의 목소리를 떠올렸다.

"인간들은 모두 죽었다."

"너희들이 태웠다고? 무슨 소리냐?"

무슨 이유에서인지 얼굴에 흉이 진 그 크리치의 이름이 기억나지 않았다.

"여기에는 200명의 인간들이 있었다. 90명의 내 동족들은 노예였다. 그리고 900명의 내 동족들이 숲에서 나왔다. 먼저 우리는 숲에서 나무를 베고 있는 인간들을 죽였고, 다음에 건물들이 타오르는 동안, 이곳의 인간들을 죽였다. 당신도 죽은 줄 알았는데. 만나서 반갑군, 데이비드슨 지휘관."

그건 모두 헛소리, 당연히 거짓말이었다. 그들이 인간들을 몽땅 죽였을 수는 없었다. 오크, 버노, 반 스텐, 그 나머지 모두를, 200명의 인간들을 그랬을 리 없었다. 일부는 달아났을 것이다. 크리치들에게 있는 것은 활과 화살뿐이었다. 어쨌든 크리치들이 이 일을 저질렀을 리 없다. 크리치들은 싸우지 않고, 살해하지 않으며, 전쟁이란 것이 없었다. 그들은 같은 종을 공격하지 않았다. 그 말은 그들이 만만한 상대라는 뜻이었다. 그들은 대항해서 싸우지 않았다. 절대 그들이 200명의 사람들을 일격에 학살했을 리 없었다. 그건 말도 안 되는 짓이었다. 침묵, 이 길고 더운 저녁 빛 속에 뭔가가 타는 희미한 악취, 그를 주시하는 옅은 초록색 얼굴의 움직임 없는 눈동자, 이 모든 것이 무의미했다. 말도 안 되는 상황, 악몽이었다.

"누가 너희들을 위해 이런 거지?"

"900명의 내 동족들이."

흉 진 녀석이 인간 같은 그 빌어먹을 목소리로 말했다.

"아니, 그 말이 아니라. 누구냐? 너희가 누구를 대신해 행동하고 있던 거냔 말이다. 너희더러 어떻게 할지 얘기해 준 게 누구냐?"

"내 아내가 그랬다."

데이비드슨은 그때 그 생물체의 태도에서 감추려고 해도 드러나는 긴장감을 알아보았지만, 그놈이 너무나 유연히 비스듬하게 치고 들어오는 바람에 총알이 빗나가서 그놈의 두 눈 사이를 맞히는 대신에 팔인지 어깨인지를 맞혔다. 그리고 그 크리치가 그에게 덤벼들었다. 체구도 몸무게도 그의 반밖에 되지 않았지만 맹렬한 공격에 데이비드슨은 바로 균형을 잃고 쓰러졌다. 총에 의지하고 있었던 데다 공격을 예상치 못했기 때문이었다. 그의 손에 느껴지는 크리치의 두 팔은 가늘고 딴딴했으며 거친 털로 뒤덮여 있었다. 그가 그놈과 몸싸움을 벌일 때, 그놈은 노래를 불렀다.

그는 나자빠졌다. 무기를 빼앗긴 채 옴짝달싹 못하게 되었다. 네 크리치의 초록빛 주둥이가 그를 내려다보았다. 흉 진 녀석은 여전히 노래하고 있었다. 숨차게 재잘대듯, 하지만 곡조는 없었다. 다른 세 녀석은 그 노래를 들으며 이빨을 드러내어 씩 웃고 있었다. 그는 크리치가 웃는 것을 본 적이 한번도 없었다. 크리치의 얼굴을 밑에서 올려다본 적도 없었다. 늘 위에서, 늘 내려다보았다. 꼭대기에서. 그는 발버둥치지 않으려고 했다. 당장은 그래봤자 헛수고였기 때문이다. 그들은 왜소했지만 수적으로 우세였고, 흉 진 녀석이 그의 총을 가졌다. 그는 기다려야 했다. 그러나 속에서 메스꺼움이 일었다. 그의 뜻과 달리 욕지기 때문에 몸이 뒤틀리고 긴장되었다. 조그마한 손들은 수월하게 그를 억제했고, 그 조그만 초록빛의 얼굴들이 그의 위에서 웃으며 몸을 꺼덕거리고 있었다.

흉 진 녀석이 노래를 끝냈다. 그는 데이비드슨의 가슴에 무릎을 꿇고 앉았다. 한 손에는 칼이, 다른 손에는 데이비드슨의 총이 있었다.

"데이비드슨 지휘관, 너는 노래할 수 없다, 그렇지? 그러면, 자, 너의 호퍼로 달려가서 날아가, 센트럴의 대령에게 이곳이 불에 탔고 인간들은 모두 살해당했다고 말해도 된다."

피, 인간의 피와 똑같이 새빨간 피가 그 크리치의 오른팔 털에 엉겨 있었고, 칼이 초록색의 손 안에서 떨렸다. 날카롭고 흉터 진 얼굴은 바짝 붙어서 데이비드슨을 내려다보고 있었다. 그리고 이제 그는 그 숯같이 까만 눈동자 속에서 내내 타오르던 기묘한 빛을 볼 수 있었다. 그놈의 목소리는 여전히 나직하고 차분했다.

그들은 그를 놓아주었다.

그는 조심스럽게 일어나 섰다. 흉 진 녀석이 덤벼들어 쓰러졌던 것 때문에 아직까지 어질어질했다. 크리치들은 이제 그에게서 꽤 물러나 있었다. 그의 행동 반경이 그들의 곱절이라는 것을 알기 때문이었다. 그러나 무장한 크리치는 흉 진 녀석뿐이 아니었다. 두 번째 총이 그의 배를 겨누고 있었다. 그 총을 들고 있는 것은 벤이었다. 자신이 소유했던 크리치인 벤, 그 잿빛의 자그마하고 지저분한 녀석이 표정은 언제나 그랬듯 어리석었으나 총을 쥐고 있었다.

자신을 겨누고 있는 두 개의 총에 등을 돌리기란 힘든 일이었지만, 데이비드슨은 그렇게 했고 들판을 향해 걸어가기 시작했다.

그의 뒤에서 한 목소리가 짧게 크리치 말을 했다. 새되고 큰 소리였다. 또 다른 크리치가 "빨리!" 하고 말했다. 그리고 크리치들의 웃음소리가 틀림없는 새들의 지저귐 같은 기묘한 소음이 일었다. 탕 하는 총소리가 났고 그의 바로 오른쪽으로 탄환이 날아갔다. 맙소사, 이건 공평하지 않았다. 그들은 총이 있고 그는 무기가 없었다. 그는 뛰기 시작했다. 그는 모든 크리치에게서 벗어났다. 그들은 총 쏘는 법을 몰랐다.

"뛰어라."

저 멀리 뒤에서 차분한 목소리가 말했다. 흥 진 녀석이었다. 셀버, 그것이 그놈의 이름이었다. 처음에는 샘이라고 불렸다. 그러다가 데이비드슨이 그놈에게 마땅히 받아야 할 벌을 내리고 애완동물로 만드는 것을 류보프가 말린 후부터는 셀버라고 불렸다. 맙소사, 이게 다 무슨 일이란 말인가. 악몽이었다. 그는 달아났다. 피가 귓속에서 천둥처럼 시끄럽게 고동쳤다. 그는 연기가 피어오르는 금빛의 저녁 속을 내달렸다. 길 옆에 시체가 있었는데 눈치 채지도 못한 채 그것에 다가갔다. 그 시체는 불에 타지 않았고 공기 빠진 하얀 풍선처럼 보였다. 시체는 푸른 눈으로 멀거니 앞을 응시하고 있었다. 그들은 감히 그를, 데이비드슨을 죽일 수 없었다. 그들은 다시 그에게 총을 쏘지 않았다. 그것은 불가능했다. 그들은 그를 죽이지 못했다. 호퍼가 안전하게 반짝이며 거기에 있었다. 그는 좌석으로 쑥 들어가서 크리치들이 무슨 짓이라도 시도하기 전에 호퍼를 공중에 띄웠다. 두 손이 떨렸지만 심하지는 않았고, 그저 충격 때문이었다. 그들은 그를 죽이지 못했다. 그는 언덕을 한 바퀴 돌고 나서 빠르고 낮게 돌아와 네 명의 크리치들을 찾았다. 그러나 그을음으로 얼룩진 기지의 파편 속에서는 아무것도 움직이지 않았다.

오늘 아침 그곳에는 하나의 기지가 있었다. 200명의 인간들이 있었다. 지금 거기에는 네 명의 크리치뿐이었다. 이 모든 것은 꿈이 아니었다. 그놈들이 그냥 사라질 리 없었다. 그들은 숨어서 거기에 있었다. 그는 호퍼의 기수 부분에 들어 있는 기관총을 내어 불타 버린 땅바닥을 사격했다. 숲의 푸른 잎들에 구멍을 내고, 부하였던 이들의 불타 버린 뼈와 차가운 몸뚱이 그리고 파괴된 기계와 썩어 가는 하얀 나무 밑동들에 총알을 쏟아 부었다. 탄약이 바닥나서 총의 격동이 놀던 빔줄 때끼지 몇 번을 다시 돌았다.

데이비드슨의 두 손은 이제 차분했고 몸이 진정되는 것이 느껴졌다. 그리고 그는 자신이 어떤 꿈에도 빠져 있지 않음을 알고 있었다. 이 소식을 센트럴빌로 가져가기 위해 해협 쪽으로 기수를 돌렸다. 날아가면서 얼굴의 긴장이 풀려 여느 때의 차분한 모습이 되는 것을 느꼈다. 그는 그곳에 있지도 않았으니, 이 재앙에 대해 센트럴의 사람들이 그를 탓할 수는 없을 것이다. 아마도 그들은 그가 없는 동안 크리치들이 공격했다는 것을 의미심장하게 볼 것이다. 크리치들은 데이비드슨이 스미스 기지에 있으면서 방어 대책을 세운다면 자신들이 실패할 것임을 알았던 것이다. 그래도 이 일에 한 가지 유익한 결과가 있었다. 센트럴의 사람들은 처음에 했어야 할 일을 하게 될 것이고, 이 행성을 인간이 차지하도록 말끔히 청소할 것이다. 류보프조차도 이제는 인간이 크리치들을 말살하는 것을 막을 수 없었다. 학살을 주도한 놈이 류보프의 애완동물 크리치였다는 얘기를 듣고서야 막을 수 없지! 이제 그들은 한동안 비열한 크리치들을 말살하는 데 열중할 것이다. 그리고 아마도 정말 짐작에 불과하지만, 그들은 그에게 그 작은 임무를 넘길 것이다. 그 생각에 웃음까지 나오려고 했다. 그러나 그는 차분한 얼굴을

29

유지했다.
 그의 아래 바다가 황혼에 잿빛을 띠었고 그의 앞에는 그 섬의 언덕들이, 겹겹이 주름지고 많은 시내가 흐르고 잎 무성한 숲들이 어스름 속에 놓여 있었다.

2

녹과 일몰의 모든 색, 그러니까 갖가지 적갈색들과 연녹색들이 어우러진 색깔들이 바람 불 때마다 긴 이파리들 속에서 쉴 새 없이 변화했다. 두껍고 울퉁불퉁한 구릿빛 버드나무 뿌리들은 그 옆으로 흐르는 시냇물 때문에 이끼색을 띠고 있었다. 바람도 시냇물처럼 무수히 부드럽게 소용돌이치며 느릿느릿 불어 가다가, 바위와 뿌리들, 그리고 매달려 있거나 떨어진 이파리들에 막혀 멈추는 듯했다. 숲 속에서는 어떤 길도 분명치 않고 어떤 빛도 온전치 않았다. 바람, 물, 햇빛, 별빛 속으로, 항상 나뭇잎과 가지, 나무 줄기와 뿌리, 어둑어둑한 것, 뒤섞인 것이 끼어들었다. 그 가지들 밑으로, 줄기들 옆으로, 뿌리들 위로 작은 길들이 이어졌다. 그 길들은 장애물을 만날 때마다 바로 뻗어 나가지 않고 그에 굴복하여 신경질적으로 돌아 나갔다. 땅은 말라서 단단하지 않고 습기 차고 다소 질척질척했다. 그것은 오래 전에 복잡한 과정을 거쳐 죽음을 맞이한 나뭇잎들과 나무들, 그리고 생명체들이 어울려 이루어 낸 산물이었다. 그리고 그 풍요로운 묘지에서 30미터에 이르는 나무들과 지름이 1센티미터쯤 되는 작은 버섯들이 자라났다. 공기의 냄새는 미묘하고 다양하며 달콤했다. 나뭇가지들 사이로 고개를 들어 별들의 모습을 보기 전까지 그 광경은 결코 지루하지 않았다. 어떤 것도 단순하고 메마르고 빈약하고 평범하지 않았다. 겉으로 드러나는 것은 별로 없었다. 거기서는 모든 것이 그 자리에서 바로 보이지 않았다. 아무것도 확실하지 않았다. 녹과 일몰의 색깔들은 구릿빛 버드나무들에 매달린 나뭇잎들 속에서 계속해서 바뀌었고, 그 버드나무들의 잎사귀조차 누르스름한 붉은색인지, 불그스름한 초록색인지, 아니면 초록색인지 말하기 어려웠다.

 셀버가 시내 옆의 길에 모습을 나타냈다. 그는 천천히 나아가면서 곧잘 버드나무 뿌리에 발부리가 차였다. 그는 꿈에 빠져 있는 늙은이를 보고 멈추어 섰다. 노인은 길쭉한 버드나무 이파리들 사이로 그를 쳐다보았는데 여전히 꿈에 빠져 있는 상태였다.

 "꿈꾸는 이여, 내가 당신네 '움막'에 가도 되겠습니까? 나는 먼 길을 왔습니다."

 노인은 움직임 없이 앉아 있었다. 이윽고 셀버는 개울 옆, 길에서 약간 벗어난 곳에 쪼그리고 앉았다. 지친 데다 잠이 부족한 탓에 머리가 수그려졌다. 그는 닷새 동안 계속 걸었다.

 "자네는 꿈 시간에 속해 있나, 세계 시간에 속해 있나?"

 노인이 마침내 물었다.

 "세계 시간에요."

 "그러면 같이 가세."

 노인이 바로 일어나 셀버를 그 구불구불한 길에서 이끌었다. 버드나무 숲을 벗어나 참나무와 가시나무들로 이루어진, 좀 더 건조하고 좀 더 어둠침침한 지역으로 들어섰다. 노인이 한 발짝 앞서 가며 말했다.

"자네가 신인 줄 알았네. 그리고 전에 자네를 본 것 같았어, 아마 꿈속에서일 거야."

"세계 시간에서는 아닐 거예요. 나는 소놀에서 왔습니다. 여기는 처음입니다."

"이 도시는 카다스트일세. 나는 코로 메나라고 하고. '하얀가시나무 족' 출신이지."

"내 이름은 셀버예요. '물푸레나무 족' 출신이에요."

"우리 중에 물푸레나무 족 사람들이 있지. 남자도 있고 여자도 있어. 또 자네 사람들과 짝을 맺는 일족인 '빅틸나무 족'과 '초랑가시나무 족'도 있고. '능금 족' 여자는 한 명도 없어. 하지만 자네는 아내를 구하러 오는 게 아니야, 그렇지?"

"내 아내는 죽었어요."

셀버가 말했다.

그들은 '남자 움막'으로 갔다. 그것은 어린 참나무들이 서 있는 높은 지역에 있었다. 그들은 몸을 굽혀 굴 입구를 기어서 지났다. 안쪽의 불빛 속에서 늙은이는 일어나 섰지만, 셀버는 일어설 수가 없어 사지를 땅에 대고 오그린 채 있었다. 이제 도움과 위로가 그 육신의 바로 옆에 있었다. 그는 지나치게 몸을 혹사했고 더 이상은 나아갈 수 없었다. 몸을 눕히자 두 눈이 감겼다. 그리고 셀버는 안도하고 감사하며 거대한 암흑 속으로 빠져 들어갔다.

카다스트의 움막의 남자들이 그를 돌보았고, 그들의 치료사가 와서 그의 오른팔에 난 상처를 살폈다. 밤에는 코로 메나와 치료사인 토버가 불 옆에 앉아 있었다. 대부분의 다른 남자들은 그날 밤 아내와 있었다. 그래서 거기의 긴 의자들에는 수련 중인 젊은 꿈꾸는 이들 둘만 있었는데, 둘 다 깊이 잠들어 있었다.

치료사가 말했다.

"대체 뭐가 저이의 얼굴에 난 것과 같은 흉터를 남길 수 있는지 모르겠습니다. 그의 팔에 난 상처는 더군다나 모르겠습니다. 아주 기묘한 상처입니다."

"그는 허리띠에 기묘한 기계 장치를 차고 있었어."

코로 메나가 말했다.

"저도 봤지만 뭔지 모르겠더군요."

"내가 그것을 그의 의자 밑에 넣어 두었네. 광을 낸 쇠처럼 보이지만, 인간의 수공품 같지는 않더군."

"그는 소놀 출신이지요, 당신에게 그렇게 말했다면서요."

둘 다 잠시 말이 없었다. 코로 메나는 자신을 짓누르는 까닭 모를 두려움을 느꼈고, 그 두려움의 이유를 찾기 위해 꿈 속으로 빠져들었다. 그는 연장자인 데다 오래전에 꿈꾸는 일에 숙련되었기 때문이다. 꿈 속에서 그 거인들이 묵직하고 심각하게 걷고 있었다. 그들의 마른 비늘로 덮인 듯한 사지는 천에 감싸여 있었다. 그들의 눈은 작고 주석 구슬처럼 빛났다. 그들 뒤에서 광을 낸 쇠로 만들어진 거대한 물체들이 기어갔다. 그것들 앞에서 나무들이 쓰러졌다.

쓰러지는 나무들 사이에서 한 남자가 뛰쳐나왔다. 큰 소리로 울부짖으며 입에는 피를 머금고 있었다. 그가 달려가는 길은 '카다스트의 움막'의 문에 이르는 길이었다.

"흠, 그것에 대해서 약간 의심스러운 점이 있어."

코로 메나가 꿈에서 빠져나오며 말했다.

"그는 소놀에서 곧장 바다를 건너왔거나, 아니면 우리 섬의 켈므 데바 해

안에서부터 걸어 왔네. 여행자들 말로는 양쪽 지역 모두에 거인들이 있다고 해."

"그들이 그를 뒤따라오는지."

토버가 말했다. 어느 쪽도 그 질문에 대답하지 않았다. 그것은 질문이 아니라 그럴 가능성에 대해 한 말이었다.

"코로, 당신은 한 번 그 거인들을 보았지요?"

"한 번."

노인이 말했다.

그는 꿈을 꾸었다. 아주 늙고 예선처럼 튼튼하기 못했기 때문에, 때때로 잠깐씩 잠에 빠져들었다. 날이 새고 한낮이 지났다. '움막' 바깥에서 사냥꾼들은 일하러 나갔고, 아이들이 빽빽 울어 댔고, 여자들이 흐르는 물 같은 목소리로 이야기했다. 좀 더 메마른 음성이 문에서 코로 메나를 불렀다. 그는 저녁의 햇빛 속으로 기어 나갔다. 누이가 바깥에 서서 향기로운 바람을 기분 좋게 들이마시고 있었지만 표정은 엄했다.

"이방인은 일어났어요?"

"아직. 토버가 돌봐 주고 있어."

"우리는 그의 얘기를 들어 봐야 해요."

"분명 금방 일어날 거야."

에보 덴뎁이 낯을 찌푸렸다. 그녀는 카다스트의 최고 여인으로서 동족이 걱정스러웠다. 그러나 다친 이의 마음을 어지럽히라고 요구하고 싶지 않았고, 그녀가 그들의 '움막'에 들어갈 수 있는 권리를 주장함으로써 꿈꾸는 이들을 기분 상하게 하고 싶지도 않았다.

"코로, 그를 깨울 수는 없어요?"

그녀가 마침내 물었다.

"만일 그가…… 쫓기고 있었으면 어쩌죠?"

그는 누이의 감정들에 대하여 자신의 감정들을 대할 때와 같은 지배력을 지니지는 못했지만 그래도 그 감정들이 느껴졌다. 그녀의 걱정 근심이 그를 괴롭혔다.

"토버가 허락한다면, 그렇게 하마."

"속히 그의 얘기를 듣도록 해 보세요. 그가 여자라서 이치에 맞는 말을 한다면 좋았을 텐데……."

이방인은 정신이 들어 '움막'의 완전하지 않은 어둠 속에서 열을 띤 채 누워 있었다. 병 때문에 고삐 풀린 망상들이 그의 눈 속에서 움직였다. 그러나 그는 일어나 앉아 자제하며 말했다. 이야기를 경청하면서 코로 메나는 이 무시무시한 이야기, 이 새로운 것을 피하고자 뼈가 속으로 움츠러드는 것만 같았다.

"소놀의 에슈레스에 살 때 나는 셀버 델르였습니다. 내 도시는 유멘들이 그 지역의 나무들을 베어 낼 때 파괴당했어요. 아내인 델르와 함께, 나는 그들에게 봉사하도록 정해졌습니다. 아내는 그자들 중 한 명에게 강간당하고 죽었어요. 나는 그녀를 죽인 유멘을 공격했습니다. 그때 그자는 나를 죽일 뻔했지만, 다른 이가 나를 구해서 풀어 주었습니다. 나는 소놀을 떠났습니다. 그곳의 어느 마을도 이제 유멘들로부터 안전하지 않아요. 그리고 여기 '북 섬'으로 와서 켈므 데바 연안의 '붉은 숲' 속에서 살았어요. 이윽고 거기에도 유멘들이 이르렀고 그 세계를 베어 넘어뜨리기 시작했습니다. 그들은 그곳의 한 도시, 펜르를 파괴했어요. 그러고는 남자들과 여자들 백 명을 잡아 일을 시키고 우리 속에서 지내게 했어요. 나는 잡히지 않았습니다. 나는 펜르에서 탈출한 이들과 함께 켈므 데바의 북쪽 습지에서 살았습니다. 가끔 밤에 유멘들의 우리 속에 있는 동족들에게 갔습니다. 그들이 그자가 거기에 있다고 말해 주었어요. 내가 죽이려고 했던 자가요. 처음에는 다시 시도해 볼까 생각했습니다. 아니면 우리 속의 동족들을 풀어 줄까 생각했어요. 하지만 그동안 줄곧 나무들이 쓰러지는 것을 목격했고 그 세계가 찢겨 내버려지는 것을 보았습니다. 남자들은 탈출할 수 있었을지 모르지만, 여자들은 좀 더 확실하게 갇혀 있기 때문에 그럴 수 없었던 데다 죽어 나가기 시작했어요. 나는 습지에 숨어 있는 동족들과 이야기를 나누었습니다. 우리는 모두 몹시 겁에 질려 있고 몹시 화가 나 있었어요. 그런데 우리의 두려움과 화를 풀어 줄 방법이 없었습니다. 그래서 마침내 한참 이야기를 나누고 한참 꿈을 꾼 후에, 그리고 계획을 세운 후에 우리는 대낮에 가서 활과 사냥 창으로 켈므 데바의 유멘들을 죽였습니다. 그리고 그들의 도시와 그들의 기계 장치들을 불태웠어요. 우리는 아무것도 남겨 놓지 않았습니다. 하지만 그자는 멀리 가고 없었더랬죠. 그리고 혼자 돌아왔어요. 나는 그자 위에서 노래했고, 그러고 나서 그자를 놓아주었습니다."

셀버는 침묵에 빠졌다.

"그런 다음에……."

코로 메나가 낮은 목소리로 말했다.

"그런 다음에 날아다니는 배가 소놀에서 왔습니다. 그리고 숲 속에서 우리를 사냥하려고 했지만 아무도 발견하지 못했죠. 그러자 그들은 숲에 불을 질렀어요. 하지만 비가 와서 거의 해를 끼치지 못했습니다. 동족들은 대부분 우리에서 풀려났고 다른 이들은 북동쪽으로 더 멀리, 홀 언덕을 향해 가 버렸어요, 많은 수의 유멘들이 우리를 사냥하러 올까 봐 겁났거든요. 나는 혼자서 갔습니다. 아시다시피, 유멘들은 나를 알아요, 내 얼굴을 압니다. 이것이 나를, 그리고 나와 같이 머무는 이들을 두렵게 합니다."

"그 상처는 어찌된 건가요?"

토버가 물었다.

"바로 그자가 유멘들의 무기로 나를 쏘았어요. 하지만 나는 그를 쓰러트려 노래했고 그를 놓아주었지요."

"당신 혼자 거인을 쓰러트렸다고요?"

토버가 그 말을 믿고자 애쓰며 거친 미소를 지었다.

"혼자서는 아니었습니다. 사냥꾼 셋과 같이, 그리고 내 수중에 무기가 있었고요…… 이거요."

토버는 그 물체로부터 물러섰다.

한동안 아무도 말이 없었다. 마침내 코로 메나가 말했다.

"자네가 해 주는 얘기는 아주 불길하고, 그 길은 내리받이 길일세. 자네는 자네의 움막의 꿈꾸는 이인가?"

"그랬었죠. 하지만 이제는 에슈레스에 어떤 '움막'도 존재하지 않습니다."

"'움막'은 모두 하나일세. 우리는 모두 '옛 언어'로 말하지. 아스타의 버드나무들 사이에서 자네는 처음에 나를 '꿈꾸는 이'라고 부르며 말했네. 나는 꿈꾸는 이가 맞아. 셀버, 자네는 꿈을 꾸는가?"

"잘 꾸지는 못합니다."

"자네의 두 손에 꿈을 간직하고 있는가?"

"그렇습니다."

"자유로이 엮고 모양을 짓고, 가리키고 뒤따르고, 시작하고 멈추는가?"

"가끔요, 항상은 아닙니다."

"자네의 꿈이 가는 길을 걸을 수 있는가?"

"때로는요. 때로는 두렵습니다."

"누군들 안 그렇겠나? 그게 자네에게 전적으로 나쁜 일은 아니야, 셀버."

"아녜요, 아주 나빠요. 좋게 남아 있는 것은 아무것도 없어요."

셀버가 말했다. 그러고는 몸을 떨기 시작했다.

토버가 그에게 버드나무 물약을 주어 마시게 하고는 눕도록 했다. 코로메나에게는 아직 물어봐야 할 최고 여인의 질문이 있었다. 묻기를 마뜩찮아 하면서도 그는 병든 이 옆에 무릎을 꿇었다.

"거인들, 그러니까 자네가 유멘이라고 부르는 이들, 그들이 자네의 흔적을 쫓아서 올 것 같은가, 셀버?"

"나는 아무런 흔적도 남기지 않았습니다. 켈므 데바와 이곳 사이에서 엿새 동안 아무도 나를 보지 못했습니다. 위험은 그게 아닙니다."

그는 다시 일어나 앉으려고 애썼다.

"보세요, 들어 봐요. 당신은 위험을 모르고 있어요. 어떻게 알겠습니까? 당신은 내가 한 일을 저지른 적 없고, 200명의 사람들을 죽이는 꿈을 꾸어 본 적이 없을 테니까요. 그들은 나를 뒤쫓는 게 아니라 우리 모두를 뒤쫓을 거예요. 우리를 사냥할 거예요, 사냥꾼들이 토끼를 몰듯이. 위험은 그거예요. 그들은 우리를 죽이려 할 거라고요. 우리 모두, 모든 사람을 죽일 거라고요."

"눕게나……."

"아뇨, 나는 헛소리를 하는 게 아닙니다, 이것이 진짜 현실이고 진짜 꿈이에요. 켈므 데바에 200명의 유멘들이 있었지만 이제는 죽고 없어요. 우리가 그들을 죽였다고요. 우리는 마치 그들이 사람이 아닌 양 살해했어요. 그러니 그들이 돌아서서 똑같이 행하지 않겠습니까? 그들은 하나씩하나씩 우리를 죽였었죠, 이제는 나무들을 죽이듯 우리를 죽일 거라고요, 수백 명씩, 수백 명씩, 수백 명씩 말예요."

"진정해요. 그런 일은 열 띤 꿈속에서 일어나는 겁니다, 셀버. 세상에서는 일어나지 않아요."

토버가 말했다.

"세상은 항상 새롭지. 하지만 그것의 뿌리는 얼마나 오래되었는지 모른다네. 셸버, 그런데 이 생물체들이 어떤가? 그들은 인간처럼 생겼고 인간처럼 말하지, 그들은 인간이지 않은가?"

코로 메나가 물었다.

"모르겠어요. 미친 게 아니라면 인간이 인간을 죽일까요? 어떤 짐승이 자신의 종족을 살해합니까? 벌레들만이 그렇죠. 이 유멘들은 우리가 뱀을 죽이듯 아무렇지 않게 우리를 죽여요. 나를 가르친 이는 그들이 다투다가 서로를 죽이며, 싸우는 개미들처럼 떼 지어 서로를 죽인다고 했습니다. 나는 그것을 본 적이 없어요. 하지만 그들이 목숨을 구걸하는 사람을 봐주지 않는다는 것을 압니다. 그들은 수그린 목을 칠 거예요, 나는 그것을 보았습니다! 그들의 마음속에는 죽이고자 하는 마음이 있어요, 그래서 나는 그들을 처형하는 게 맞다고 보았습니다."

"그리고 모든 인간의 꿈들이……."

코로 메나가 어둠 속에서 다리를 꼬며 말했다.

"바뀌겠군. 그 꿈들은 결코 같지 않을 걸세. 내가 어제 자네와 같이 왔던 길을 다시는 걷지 못할 걸세, 내 평생토록 걸었던 버드나무 숲에서 이르는 길을. 바뀌었어. 자네가 그 길을 걸었고 그러자 완전히 바뀌었지. 이날이 되기 전에 우리가 해야 할 일은 옳은 일이었네. 우리가 가야 하는 길은 옳은 길이었고 우리를 집으로 이끌었지. 이제 우리의 집이 어디 있나? 자네는 해야 할 일을 했지만, 그것은 옳지 못했네. 자네는 인간들을 죽였어. 나는 그들을 보았지. 5년 전, 램건 계곡에서. 그들은 날아다니는 배를 타고 그곳에 왔네. 나는 숨어서 그 거인들 여섯 명을 지켜보았네. 그리고 그들이 말하고 바위와 식물들을 바라보고 음식을 요리하는 것을 보았어. 그들은 인간이야. 하지만 자네는 그들 속에서 살았지, 그러니 말해 보게, 셸버. 그들은 꿈을 꾸는가?"

"자면서, 어린아이들이 꾸는 것처럼요."

"그들은 아무런 훈련을 받지 않는가?"

"전혀요. 가끔 그들은 서로의 꿈에 대해 얘기하고, 치료사들은 치료 중에 꿈들을 이용해 보려고 합니다. 하지만 그들 중에 훈련받은 사람은, 또는 꿈 꾸기에 어떤 기술을 지닌 사람은 전혀 없습니다. 나를 가르친 류보프라는 사람은 내가 꿈꾸는 법을 가르쳐 주었을 때 내 말을 이해했어요. 그랬는데도 그는 세계 시간을 '현실'이라고 부르고 꿈 시간을 '비현실'이라고 불렀어요. 마치 둘이 다른 것처럼."

침묵 후에 코로 메나가 되풀이해서 말했다.

"자네는 해야 할 일을 했어."

그의 두 눈이 어둠을 가로질러 셸버의 눈과 마주쳤다. 절망적인 긴장감은 셸버의 얼굴에서 누그러져 있었다. 홍 진 입술에서 힘이 풀렸고 그는 더 이상 말하지 않고 누웠다. 잠깐 만에 그는 잠이 들었다.

"그는 신이야."

코로 메나가 말했다.

토버는 고개를 끄덕이며 노인의 판단을 거의 안도하듯 받아들였다.

"하지만 다른 이들과 같은 신은 아닐세. '수행자'나 얼굴 없는 '친구', 꿈들의 숲 속을 걷는 '사시나무 이파리 여인' 같지는 않아. 그는 '문지기'도 '뱀'도 아니야. '수금 연주자'나 '조각가'나 '사냥꾼'도 아닐세, 비록 그들처럼 세계 시간에 오긴 했지만. 우리는 지난 몇 년 동안 셸버에 관한 꿈을 꾸었을지 모르나 이제는 꾸지 않을 걸세. 그가 꿈 시간을 떠났으니까. 숲 속에서, 그러니까 그가 오는 숲 사이로, 나뭇잎이 지고 나무들이 쓰러지네,

그는 죽음을 아는 신, 살해를 저지르며 다시 태어나지 않는 신이야."

최고 여인은 코로 메나의 보고와 예언들을 경청했고 행동에 나섰다. 그녀는 카다스트 마을의 경계를 서게 하면서, 가족마다 이사할 준비를 확실히 해 두었다. 약간의 식량을 꾸렸고 노인과 병자를 위해 들것들을 준비해 놓았다. 그녀는 유멘들에 대한 소식을 듣기 위해 젊은 여인들을 남쪽과 동쪽으로 정찰 보냈다. 무장한 사냥꾼 무리가 항상 마을 주위를 돌도록 했지만, 다른 이들은 여느 때처럼 밤마다 밖에 나왔다. 그리고 셀버가 좀 더 기력을 되찾으면서 그녀는 그가 '움막'에서 나와 그의 이야기를 해야 한다고 했다. 유멘들이 소놀에서 동족을 어떻게 살해하고 노예로 삼았는지, 그리고 어떻게 숲들을 베어 넘어뜨렸는지. 또한 켈므 데바의 동족들이 어떻게 그 유멘들을 죽였는지도. 그녀는 이러한 일들을 이해하지 못하는 꿈꾸지 않는 남자들과 여자들이 다시 이 이야기를 듣게 만들었다. 마침내 그들은 상황을 이해했고 겁에 질렸다. 에보 덴뎁은 실제적인 여인이었다. '꿈꾸는 큰사람'인 그녀의 오라비가 셀버는 신이자 변화시키는 이이며, 현실들 사이에 놓인 다리라고 말해 주었을 때, 그녀는 그 말을 믿고 행동에 나섰다. 꿈꾸는 이의 책임은 조심스럽고 확실하게 참된 판단을 내리는 것이었다. 그녀의 책임은 그 판단을 받아들이고 그에 대하여 조치를 취하는 것이었다. 그는 무슨 일이 행해져야 할지를 보았다. 그녀는 그 일이 행해지는 것을 보았다.

"이 숲의 모든 도시들이 들어야 한다."고 코로 메나는 말했다. 그리하여 최고 여인은 젊은 심부름꾼들을 보냈고, 다른 마을의 최고 여인들은 귀 기울여 얘기를 듣고 나서 또 그들의 심부름꾼들을 내보냈다. 켈므 데바에서 벌어진 살인 사건 이야기와 셀버라는 이름은 북 섬과 바다 너머 다른 섬들에게까지 말에서 말로, 또는 글로써 전해졌다. 아주 빠른 속도로 전해지지는 않았다. '숲 사람들'에게는 심부름꾼보다 더 빨리 소식을 전할 것이 없었기 때문이다. 그래도 충분히 빠른 속도로 전해졌다.

세계의 '마흔 섬'에 사는 모두가 하나의 종족은 아니었다. 섬보다 더 많은 수의 언어들이 있었고, 각각의 언어에도 그 언어를 쓰는 도시마다 다른 방언이 있었다. 예절과 품행, 관습, 기술의 가짓수는 무궁무진했다. 신체적인 유형도 '5대 섬' 하나하나마다 달랐다. 소놀 종족은 키가 크고 안색이 옅은 빛이며 큰 상인들인데, 리시웰 종족은 단신에 많은 이들이 검은 털을 지녔고, 원숭이를 식육한다든가 그랬다. 그러나 기후는 별로 변화가 없었고 숲도 변화가 적었으며 바다는 똑같았다. 그리고 호기심과 일정한 교역로들, 알맞은 '가계'의 남편이나 아내를 찾아야 할 필요성 때문에 사람들은 마을들과 섬들 사이를 지속적으로 자유롭게 이동했다. 그래서 아주 외떨어진, 먼 동쪽과 남쪽의 거의 소문으로만 알려진 야만인들의 작은 섬들을 제외하고는 모든 섬에 어떤 유사성이 있었다. '마흔 섬' 모두에서 여자들이 도시와 마을을 운영했고, 거의 모든 마을에 남자들의 '움막'이 있었다. 그 움막들 속에서 꿈꾸는 이들은 옛 언어로 말했고, 이것은 섬에 따라 크게 다르지 않았다. 움막 바깥에서 거의 꿈을 꾸지 않는 사냥꾼, 어부, 직조공, 건설자들과 여자들이 그 언어를 배우는 일은 드물었다. 대개의 글이 움막의 언어로 쓰였기에, 최고 여인들이 발 빠른 소녀들에게 소식을 실어 보내면, 그 편지들은 움막에서 움막으로 전해졌고, 꿈꾸는 이들이 '노파들'에게 그것을 풀이해 주었다. 다른 서류나 소문, 문제들, 신화, 꿈 들도 마찬가지였다. 그러나 그것을 믿을지 말지는 늘 '노파들'이 선택했다.

셀버는 에슈센의 작은 방에 있었다. 문은 잠겨 있지 않았지만, 만일 그가 문을 연다면 나쁜 뭔가가 닥치리라는 것을 알고 있었다. 그 문을 닫힌 채로 두는 한 모든 일이 문제없을 터였다. 문제는 거기에 젊은 나무들이 있다는 것이었다. 어린 나무들이 그 집 앞에 심겨 있었다. 과실수 또는 견과가 열리는 나무들이 아니라 다른 종류였는데, 무슨 나무인지 기억나지 않았다. 그는 그것들이 어떤 나무인지 보러 나갔다. 그것들은 모두 부러지고 뿌리째 뽑혀 있었다. 한 나무의 은빛 가지를 들어 올리자 부러진 가지 끝에서 피가 조금 흘러 나왔다. 안 돼, 여기서는 안 돼, 다시는 안 돼, 델르. 그가 말했다. 아아 델르, 죽기 전에 나에게로 와요. 그러나 그녀는 오지 않았다. 오로지 거기엔 그녀의 죽음만이, 부러진 자작나무와 열린 문만이 있었다. 셀버는 돌아서서 급히 집 안으로 다시 들어가면서 이 집이 유멘의 집처럼 지상에 세워져 아주 높고 빛이 가득하다는 것을 깨달았다. 그 천장 높은 방 건너편, 다른 문 밖에 유멘의 도시인 센트럴의 길쭉한 거리가 있었다. 셀버는 허리띠에 총을 차고 있었다. 데이비드슨이 나타난다면 그자를 쏠 수 있었다. 그는 열린 문 바로 안쪽에서 햇빛 속을 내다보며 기다렸다. 데이비드슨이 거대한 모습으로 나타났다. 그러나 그가 너무 빨리 뛰어서 셀버는 그를 총의 조준기 속에 잡아 둘 수 없었다. 그자는 널따란 거리를 가로질러 더욱 미친 듯이 오락가락했는데, 아주 빨랐으며, 언제까지나 가까워지기만 할 듯했다. 총은 묵직했다. 셀버는 총을 쏘았지만 총은 아무런 불도 뿜지 않았다. 분노하고 겁에 질린 그는 총을 집어던졌고 그러자 그 꿈이 사라졌다.

넌더리내며 풀죽은 채 셀버는 씩씩거렸고 한숨을 쉬었다.

"나쁜 꿈인가요?"

에보 덴뎁이 물었다.

"꿈들이 모두 나빠요, 모두 똑같고요."

그가 말했다. 그러나 대답하면서 깊은 불안감과 괴로움은 좀 누그러들었다. 내리쬐는 서늘한 아침 햇살 속에 먼지 반점들이 보였고 햇살은 카다스트의 자작나무 숲의 섬세한 잎사귀와 가지들 사이로 움직여 갔다. 거기에 쉼 없이 손 놀리기를 좋아하는 최고 여인이 앉아서 검은 고비 줄기로 바구니를 짜고 있는 동안, 그는 반쯤 꿈에 빠졌거나 완전히 빠진 채 그녀 옆에 누워 있었다. 그가 카다스트에 있은 지 열닷새가 되었고 상처는 잘 아무는 중이었다. 그는 여전히 많이 잤지만, 여러 달 만에 처음으로 깨어 있는 상태에서도 다시 꿈을 꾸기 시작했다. 규칙적으로, 즉 밤낮에 한두 번이 아니라 하루 동안 열 번에서 열네 번까지 오르락내리락하는 꿈꾸기의 진짜 파동과 리듬으로 꿈을 꾸기 시작한 것이다. 그의 꿈들은 나빴다. 온통 무섭고 수치스러운 꿈들이었으나 그는 꿈들을 반겼다. 자신의 뿌리로부터 잘려 나갔을까 봐, 행위의 죽은 세계 속으로 너무 멀리 가 버려 실재의 원천으로 돌아가는 길을 아예 못 찾게 되었을까 봐 두려웠었기 때문이다. 이제 비록 그 원천의 물은 아주 썼으나, 그는 다시 그 물을 들이켰다.

곧 그는 불타 버린 기지의 잿더미 사이에 다시 데이비드슨을 쓰러트렸고, 이번에는 그자 위에서 노래하는 대신 돌로 그자의 입을 쳤다. 데이비드슨의 이빨들이 부러졌고 하얀 잇조각들 사이에서 피가 흘러내렸다.

그 꿈은 멋졌고 솔직히 간절히 바라는 바였지만 그는 거기서 꿈을 멈추었다. 그가 켈므 데바의 잿더미 속에서 데이비드슨을 만나기 전에도, 그 후에도 여러 번 꾸었던 꿈이기 때문이다. 기분 전환 말고 그 꿈에는 아무것도 없었다. 순한 물 한 모금이었다. 그에게 필요한 것은 쓴 풀이었다. 그는 분명히 돌아가야 했다. 켈므 데바가 아니라, 센트럴이라 불리는 낯선 도시의 길고 무시무시한 거리로. 그가 '죽음'에 덤볐었고, 그것에 패한 곳으로.

에보 덴뎁은 일하면서 콧노래를 불렀다. 그녀의 얄따란 두 손에 난 부드러운 초록빛 잔털은 나이 때문에 은빛으로 빛났다. 그 두 손이 검은색의 양치식물 줄기를 빠르고 깔끔하게 엮어 나갔다. 그녀는 고비를 캐는 내용의 노래, 한 소녀의 노래를 불렀다. 나는 고비를 캐네, 그가 돌아올지 말지 궁금하네…… 그녀의 가냘프고 노숙한 목소리는 귀뚜라미 소리처럼 떨렸다. 태양이 자작나무 이파리들 속에서 몸을 떨었다. 셀버는 두 팔 위에 머리를 뉘였다.

  자작나무 숲은 카다스트 마을에서 어느 정도 중심에 있었다. 여덟 개의 길들이 나무들 사이에서 좁다랗게 구불거리며 그 마을로부터 이어져 나갔다. 공기 중에는 나무 땐 연기의 냄새가 났다. 그리고 그 숲의 남쪽 끝에 나뭇가지들이 가느다란 곳에서 어느 집의 굴뚝으로부터 솟아오르는 연기를 볼 수 있었다. 그것은 나뭇잎들 사이에서 푸른 실이 풀려 나가는 것 같았다. 참나무속 나무들과 다른 나무들 사이에서 좀 더 가까이 쳐다보면 땅 위로 몇 자쯤 튀어나온 지붕들을 발견할 것이다. 100개에서 200개 사이, 지붕 수를 세기는 아주 어려웠다. 그 목조 가옥들은 오소리 굴처럼 나무뿌리들 사이에 들어앉아 4분의 3쯤 파묻혀 있었다. 들보 지붕에는 작은 가지들, 마른 솔잎, 갈대, 흙곰팡이를 엮어 만든 이엉이 쌓아 올려져 있었다. 그것들은 단열이 되고 물이 새어들지 않았으며 거의 눈에 띄지 않았다. 자작나무 숲을 둘러싸고 800명의 사람들로 이루어진 부락과 큰 숲이 저들의 볼일을 보았다. 에보 덴뎁은 그 자작나무 숲에서 고비 바구니를 엮으며 앉아 있었다. 나뭇가지 사이에 새 한 마리가 그녀의 머리 위에서 "쩩쩩"하고 귀엽게 지절거렸다. 여느 때보다 사람들의 소리가 더 많이 났다. 오륙십 명의 낯선 이들 때문이었는데, 대부분 지난 며칠 동안 셀버에게 끌려서 흘러 들어온 젊은 남자와 여자들이었다. 일부는 북 섬의 다른 도시들에서 왔고, 일부는 켈므 데바에서 셀버와 같이 살해를 행한 이들이었다. 그들은 여기까지 소문을 듣고 그를 뒤쫓아 왔다. 그러나 여기저기서 부르는 목소리들이나 먹감는 여자들의 말소리, 개울 옆에서 아이들이 장난치는 소리는 그렇게 시끄럽지 않고, 아침의 새 소리나 곤충이 윙윙거리는 소리나 살아 있는 숲의 저 아래 깔린 소리 정도였다. 마을은 그 숲의 한 요소였다.

한 소녀가 급히 나타났다. 앳된 여자 사냥꾼이었는데 피부가 옅은 자작나무 이파리 색깔을 띠고 있었다.

"남쪽 해안 지방에서 입으로 전하는 소식이 있습니다, 어머니. 심부름꾼이 '여자 움막'에 있어요."

"식사를 마치거든 그녀를 여기로 보내라."

최고 여인이 나지막이 말했다.

"기민, 틀비. 저기가 잠든 게 안 보이니?"

소녀는 몸을 굽혀 넙적한 야생 담뱃잎을 한 장 뜯어 셀버의 눈 위에 살짝 놓았다. 그의 눈 위로 몹시 각지고 환한 햇빛이 떨어지고 있었기 때문이다. 그는 두 손을 반쯤 펼친 채 누워 있었고 그의 흉 지고 상처 입은 얼굴은 무방비하게 얼빠진 모습으로 위를 향해 있었다. 아이처럼 잠이 든 '꿈꾸는 큰사람' 같았다. 그러나 에보 덴뎁이 주시하는 것은 소녀의 얼굴이었다. 그 얼굴은 염려스러운 기색을 띤 채, 동정심과 공포심, 동경심으로 빛났다.

톨바는 잽싸게 달려가 버렸다. 이윽고 '노파들' 두 명이 그 사자와 함께 왔다. 그들은 햇빛이 얼룩거리는 길을 따라 한 줄로 조용히 움직였다. 에보 덴뎁은 손을 들어 멈출 것을 명했다. 사자는 즉시 넙죽 엎드렸다가 그 자리에 멈췄다. 그녀의 누런 얼룩이 있는 초록색 털은 먼지투성이였고 땀에 젖어 있었다. 멀리서 빠르게 달려왔던 것이다. '노파들'은 햇빛이 얼룩얼룩한 자리에 앉아 움직임을 멈추었다. 마치 반짝이며 살아 있는 눈이 달린 두 개의 오래된 회녹색 돌덩이들처럼 거기에 앉아 있었다.

셀버는 힘겨운 잠과 꿈 때문에 몸부림치다가 엄청난 공포에 질린 것처럼 비명을 질렀고, 그러고는 정신이 들었다.

그는 개울로 가서 물을 마셨다. 돌아올 때는 항상 그를 쫓아다니는 이들 중 대여섯 명이 뒤따르고 있었다. 최고 여인은 반쯤 끝낸 작업을 내려놓고 말했다.

"이제 환영을 받으렴, 심부름꾼아. 그리고 얘기하려무나."

심부름꾼이 일어나 섰고, 에보 뎀뎁에게 머리를 조아리고서 소식을 전했다.

"저는 트레탓에서 왔습니다. 내 말은 소브론 데바로부터, 그에 앞서 '해협'의 뱃사람들로부터, 그에 앞서서는 소놀의 브로터로부터 온 것입니다. 이 소식은 에슈레스의 '물푸레나무 족' 출신인 셀버라는 남자에게 전하지만 모든 카다스트에 들려주기 위한 것입니다. 전언은 이렇습니다. 소놀의 거인들의 대도시에 새로운 거인들이 나타났습니다. 그리고 이 새로운 거인들 중 많은 수가 여성입니다. 불을 뿜는 노란 배가 페하라는 곳에서 오르내리고 있어요. 소놀에는 에슈레스의 셀버가 켈므 데바에서 거인들의 도시를 불태워 버렸다고 알려져 있습니다. 브로터에 있는 '유배자들' 중 '꿈꾸는 큰사람'들은 마흔 섬의 나무들 수보다 더 많은 숫자의 거인들 꿈을 꾸었습니다. 제가 품고 온 전언은 이것이 다입니다."

그 읊는 듯한 낭송 후에 모두 조용했다. 아까의 새가 좀 멀리 떨어져 재잘거렸다. "왯왯?" 처음 듣는 소리였다.

"지금은 아주 나쁜 세계 시간이에요."

'노파들' 중의 한 명이 말하며 관절염이 있는 무릎을 문질렀다.

잿빛 새 한 마리가 마을의 북쪽 가장자리를 구분 짓는 커다란 떡갈나무에서 날아왔다가, 느릿한 두 날개로 아침의 상승 기류를 타고 원을 그리며 날아올랐다. 이 잿빛 솔개들이 보금자리를 트는 나무는 늘 마을 근처에 있었다. 그들은 음식 찌꺼기들을 처리해 주었다.

작고 통통한 사내아이가 자작나무 숲 사이로 뛰어다니고, 조금 더 큰 누이가 그 애를 뒤쫓으면서, 둘 다 박쥐처럼 가느다란 목소리로 소리를 질렀다. 사내아이가 넘어져서 울자, 소녀가 아이를 일으켜 세워 커다란 이파리로 눈물을 닦아 주었다. 아이들은 손에 손을 잡고 숲 속으로 후닥닥 사라져 버렸다.

셸버가 최고 여인에게 말했다.

"거기에 류보프라는 사람이 있었습니다. 코로 메나에게는 그에 대해 말한 적이 있는데, 당신에게는 안 했군요. 그자가 나를 죽이려고 할 때 나를 구해 준 사람이 류보프였습니다. 나를 치료해 주고 풀어 준 사람이 류보프였어요. 그는 우리에 대해 알고 싶어 했습니다. 그래서 그가 묻는 것에 나는 대답해 주었고 그 역시 내가 묻는 것에 대답해 주곤 했어요. 한번은 내가 물었습니다. 그렇게 여자들 수가 적은데 어떻게 그의 종족이 살아남을 수 있냐고요. 그는 그들이 온 곳에서는 종족의 절반이 여자라고 말했습니다. 하지만 남자들이 여자들을 위해 장소를 준비시킬 때까지는 마흔 섬에 그들을 데려오지 않을 거라고 했어요."

"남자들이 여자들을 위해 알맞은 곳을 만들 때까지라니! 글쎄요! 그들은 꽤 한참 기다려야 할지도 모르겠네요."

에보 덴뎁이 말했다.

"그들은 '느릅나무 꿈'에서 엉덩이로 당신을 깔아뭉개려 한 자들 같아요, 머리가 뒤집힌 자들 말예요. 그들은 숲을 메마른 바닷가로 만들죠.(그녀의 언어에는 '사막'에 해당하는 말이 없었다.) 그리고 그걸 여자들을 위해 만사를 준비시키는 거라고 부른다고요? 그들은 먼저 여자들을 보냈어야 해요. 아마도 그들과 같이 여자들이 '큰 꿈꾸기'를 할지 모르니까요, 누가 알겠어요? 그들은 거꾸로 가고 있어요, 셸버. 그들은 미쳤어요."

"종족이 통째로 미칠 수는 없습니다."

"하지만 그들은 잘 때만 꿈을 꾼다고 당신이 말했잖아요. 그리고 그들이 깨어 있는 상태에서 꿈을 꾸고 싶을 때면 독약을 먹어서 꿈들을 통제할 수 없게 된다고 했죠! 이렇게 미친 종족이 어디 있나요? 그들은 어린 아기만큼이나 꿈 시간과 세계 시간을 구분하지 못해요. 아마 그들은 나무가 되살아날 줄 알고 죽이는 것 같네요!"

셀버는 머리를 저었다. 그는 자작나무 숲에 그와 최고 여인만 있는 것처럼 조용하고 망설이는 목소리로 여전히 그녀에게만 거의 졸린 듯이 말했다.

"아니요, 그들은 죽음을 아주 잘 이해하고 있어요. ……확실히 우리가 보는 것처럼 보지는 않지만, 우리보다 어떤 것들에 대해서는 더 많이 알고 더 잘 이해하고 있어요. 류보프는 내가 얘기해 주는 것을 대부분 알아들었답니다. 하지만 나는 그가 해 준 얘기의 많은 부분을 이해할 수 없었어요. 언어 때문에 이해하지 못한 것은 아니었어요. 나는 그의 말을 알고, 그는 우리말을 익혔습니다. 우리는 함께 두 언어로 이루어진 글들을 썼어요. 하지만 그가 해 준 얘기들에는 내가 결코 이해할 수 없는 것들이 있었어요. 그는 유멘들이 숲 바깥에서 왔다고 했습니다. 그건 아주 명확해요. 그는 유멘들이 숲을 원한다고 했습니다. 목재를 위한 나무들과 풀을 심기 위한 땅을 말이에요."

여전히 나지막했지만 셀버의 목소리에는 울림이 있었다. 은빛 나무들 사이에서 그들은 귀를 기울였다.

"그것 역시 명확해요, 우리 중에 그들이 세계를 베어 넘어뜨리는 것을 보아 왔던 사람들에게는 그렇죠. 그는 유멘이 우리와 같은 인간이라고 말했습니다, 붉은사슴과 회색사슴처럼 우리가 실로 그들과 가까운 관계라더군요. 그는 그들이 숲이 아닌 다른 곳으로부터 왔다고 했어요. 그곳의 나무들은 모두 베어 넘어뜨려진다고 하네요. 거기에는 태양이 있는데, 우리의 태양과 달리 하나의 별이래요. 아시겠지만, 이 모든 게 나에게는 그 뜻이 명확치 않았어요. 나는 그가 쓴 단어들로 말하고 있지만 그것들이 무슨 뜻인지는 모르겠습니다. 그건 크게 중요하지 않아요. 그들이 자신들을 위해 우리의 숲을 원한다는 것은 분명합니다. 그들은 우리보다 두 배는 커요, 우리 것보다 확실히 앞선 무기들을 가졌고요. 그리고 불을 쏘는 장치와 나는 배들을 가졌지요. 이제 그들은 더 많은 여자들을 데려왔고, 아이들을 갖게 될 겁니다. 그중 아마 2000명, 아니면 3000명 정도가 이제 여기에, 그러니까 대부분 소놀에 있어요. 하지만 우리가 한 번 나고 죽을 정도 또는 그 두 배쯤 되면 그들은 번식할 겁니다. 그들의 숫자는 두 배가 되고 또 그것의 배가 될 겁니다. 그들은 남자와 여자들을 죽여요. 목숨을 구걸하는 이들을 봐주지 않아요. 그들은 싸움에서 노래할 수 없습니다. 그들은 그들의 뿌리를 뒤에 남겨 두고 온 것 같아요, 그들이 비롯한 다른 숲, 나무들이 없는 숲에요. 그래서 그들은 독약을 먹어서 마음속에 꿈들을 풀어놓지만, 그것은 오로지 그들을 취하거나 병들게 할 뿐이죠. 아무도 확실히 그들이 인간인지 아닌지, 그들이 정상인지 미쳤는지 알 수 없지만, 그것은 중요하지 않아요. 그들이 숲을 떠나게 만들어야 합니다, 그들은 위험하니까요. 만일 가지 않겠다면 도시의 숲들에서 쏘는개미 굴들을 태워 없애야 하듯, 섬들에서 그들을 태워 없애야 합니다. 일을 내버려두면, 연기에 몰려 쫓겨나고 불에 타는 것은 우리가 될 겁니다. 그들은 우리가 쏘는개미들을 짓밟는 것처럼 우리를 짓밟을 수 있어요. 그들이 내 도시인 에슈레스를 불태울 때 이런 여자를 본 적이 있어요. 그 여자는 길에서 한 유멘 앞에 누워 살려 달라고 빌었어요. 그런데 그 유멘은 그녀의 등을 짓밟아 등뼈를 부서뜨렸어요, 그리고 나서는 그녀가 죽은 뱀인 양 발로 차서 치워 버리더군요. 나는 그걸 봤습니다. 만일 유멘이 인간이라면 그들은 꿈을 꾸고 인간처럼 행동하기에 부적합하거나 가르침을 받지 않은 인간들입니다. 그 결과 그들은 괴로워하면서도 열심히 살해하고 파괴하며 마음속의 신들에게 쫓겨요. 그 신들을 유멘들은 자유롭게 풀어 주려 하지 않고 뿌리째 뽑아내고 부정하려고 합니다. 만일 그들이 인간이라면, 자신의 신들을 부정하고, 어둠 속에서 자신의 얼굴을 보기를 두려워하는 악한 인간들입니다. 카다스트의 최고 여인이여, 내 말을 들으십시오."

셸버가 앉아 있는 여인들 사이에서 갑작스럽게 높이 일어나 섰다.

"내가 돌아가야 할 때인 것 같습니다. 나의 섬으로, 소놀로, 유배된 사람들과 사로잡힌 사람들에게로. 도시가 불타는 꿈을 꾸는 어떤 사람에게든 나를 뒤쫓아 브로터로 오라고 말해 주십시오."

그는 에보 덴뎁에게 머리 숙여 인사했고 자작나무 숲을 떴다. 여전히 절뚝이며 걸었고 팔에는 붕대가 둘려 있었다. 그러나 걸음걸이에는 신속함이, 머리 자세에는 균형이 있었고, 그 때문에 그는 다른 남자들보다 더 온전해 보였다. 젊은 사람들이 조용히 그를 뒤따랐다.

"저이는 누군가요?"

트레탓에서 온 심부름꾼이 눈으로 그를 뒤쫓으며 물었다.

"네가 메시지를 전하러 온 사람, 에슈레스의 셸버, 우리들 가운데 신이지. 딸아, 너는 신을 본 적이 있느냐?"

"내가 열 살 때 수금 연주자가 우리 마을에 왔어요."

"'늙은 에르텔', 그래. 그는 내 '가계'에 속해 있지, 나처럼 '북쪽 골짜기' 출신이고. 흠, 이제 너는 두 번째 신이자 더욱 위대한 신을 보았구나. 트레탓에 있는 너의 마을 사람들에게 그에 대해 얘기해 주어라."

"그는 어떤 신인가요, 어머니?"

"새로운 신이다."

에보 덴뎁은 그녀 특유의 무뚝뚝하고 나이 든 목소리로 말했다.

"숲불의 아들, 살해당한 자들의 형제이지. 그는 다시 태어나지 않는 신이다. 이제 가라, 너희들 모두, '움막'으로 가거라. 누가 셀버와 같이 갈지 알아보고, 그들이 가져갈 식량을 꾸려라. 나는 좀 있다 가마. 어리석은 늙은 노인네처럼 예감들로 가득하구나. 나는 꿈을 꾸어야 해……."

코로 메나가 그날 밤 셀버와 같이 그들이 처음 만났던 장소, 개울 옆의 구릿빛 버드나무들 아래까지 왔다. 많은 이들이 셀버를 따라 남쪽으로 갈 터였다. 모두 예순 명가량으로서 대부분의 사람들이 그들이 이동하는 것을 대번에 보았을 만큼 큰 무리였다. 그들은 거대한 동요를 불러일으켜, 그들이 바다를 건너 소놀로 가는 길에 더 많은 이들을 끌어들일 터였다. 셀버는 이 하룻밤 동안 꿈꾸는 이의 홀로 있을 특권을 주장했다. 그는 혼자 출발했다. 그를 뒤따르는 자들은 아침에 그를 따라잡을 것이었다. 그때부터는 군중과 행동에 얽혀, 느리고 깊이 있게 큰 꿈들을 꾸는 시간이 거의 없을 터였다.

"여기서 우리가 만났지."

노인이 말하면서, 인사하듯 고개 숙인 가지들과 늘어진 이파리들의 장막 사이에 멈춰 섰다.

"그리고 여기서 헤어지는군. 틀림없이, 이곳은 이후로 우리의 길을 걷는 사람들에 의해 '셀버의 숲'이라 불릴 걸세."

셀버는 잠시 아무 말 하지 않고 나무처럼 서 있었다. 구름이 별들 위로 두꺼워지면서 잠시도 가만있지 않는 주위의 이파리들이 은빛에서 점점 어두운 빛을 띠었다.

"나보다 당신이 나에 대해 더 확신하는군요."

셀버가 마침내 말했는데, 어둠 속에 목소리만 들렸다.

"그래, 확신하네, 셀버…… 나는 꿈꾸기에 관해 충분히 가르침을 받았고, 게다가 늙었어. 더 이상 나 자신에 대해서는 거의 꿈을 꾸지 않아. 왜 그래 야겠나? 나에게 새로운 것은 거의 없어. 그리고 인생에서 내가 원한 것, 아니 그 이상을 이미 가졌고. 나는 기나긴 삶을 살았네. 숲의 나뭇잎들 같은 날들을. 나는 늙고 속 빈 나무일세, 뿌리만 살아 있을 뿐이지. 그리하여 나는 모든 인간들이 꾸는 꿈만을 꾼다네. 나에겐 아무런 환영도 아무런 바람도 없어. 나는 있는 그대로 봐. 나는 나뭇가지 위에서 과실이 익어 가는 것을 보고 있네. 깊이 심겨 있던 나무의 과실, 그것은 4년 동안 무르익어 왔지. 비록 우리가 유멘들의 도시에서 멀리 떨어져 살고, 숨어서 그들을 흘끗거리거나 그들의 배가 날아가는 것을 구경만 했을지라도, 또 그들이 세계를 베어 넘어뜨린 죽은 장소들을 보기만 했거나 그러한 일들을 듣기만 했을지라도, 우리 모두 4년 동안 두려워해 왔네. 우리는 모두 겁에 질려 있어. 아이들은 거인들 때문에 비명을 지르며 잠에서 깨어나네. 여자들은 멀리까지 물건을 사고파는 여행을 가지 않으려 해. '움막' 안에 있는 남자들은 노래를 못하지. 두려움의 과실이 무르익어 가고 있네. 그리고 나는 자네가 그것을 거두어들이는 것을 보네. 자네는 추수자일세. 우리가 알기를 두려워하는 모든 것을 자네는 보았고, 알고 있어. 유배, 수치, 고통, 무너져 내리는 세상의 지붕과 벽들, 비참하게 죽은 어미, 가르침 받지 못하고 귀여움 받지 못하는 아이들…… 지금은 세계를 위한 새로운 때일세. 나쁜 때이지. 그리고 자네는 그 모든 것을 겪었어. 자네는 가장 멀리까지 가 보았어. 그리고 그 가장 먼 곳, 검은 길의 끝, 거기서 그 '나무'가 자라고 있네. 거기서 과실이 익어 가고 있어. 셀버, 이제 자네가 거기에 이르러 그 과실을 딸 걸세. 그리고 세계가 완전히 뒤바뀔 때, 한 남자가 그 나무의 과실을 들고 있을 걸세. 그 나무의 뿌리는 그 숲보다도 깊을 걸세. 사람들은 그것을 알게 될 거야. 우리가 그랬듯, 그들은 자네를 알 걸세. 신을 알아보는 데에는 노인이나 꿈꾸는 큰사람이 필요 없으니까! 자네가 가는 곳에는 불이 타올라. 장님만이 그것을 보지 못할 걸세. 그러나 잘 듣게, 셀버, 내가 자네를 아낀 것은 이 때문이네. 우리가 여기서 만나기 전에 나는 자네에 관한 꿈을 꾸었어. 자네는 어떤 길을 걷고 있었고, 자네 뒤에서는 어린 나무들이 자라고 있었네, 참나무, 자작나무, 버드나무, 가시나무, 전나무, 소나무, 오리나무, 느릅나무, 물푸레나무, 그 세계의 모든 지붕과 벽들은 영원히 새것이 되어 있었다네. 이제 잘 가게나, 귀한 신이자 아들이여, 무사히 가게나."

 셀버가 가면서 밤이 짙어지다가, 마침내 어둠을 보는 그의 눈조차도 검은 덩어리들과 면들 말고는 아무것도 볼 수 없게 되었다. 비가 내리기 시작했다. 카다스트에서 겨우 몇 킬로미터 갔을 때 횃불을 밝히거나 멈추어야 했다. 그는 멈추는 쪽을 택했고, 우람한 밤나무 뿌리들 사이에 한 자리를 더듬어 찾아냈다. 거기에 앉아, 널찍하고 꼬인 나무줄기에 등을 기대었다. 나무줄기는 아직 햇볕의 온기를 조금 품고 있는 듯했다. 가랑비가 어둠 속에서 보이지 않게 떨어지며, 머리 위 나뭇잎들에, 두툼하고 비단처럼 섬세한 털이 보호하는 두 팔과 목과 머리에, 땅과 양치식물들과 주변의 풀숲에, 가깝고 먼 숲의 모든 나뭇잎들에 물방울 듣는 소리를 냈다. 셀버는 그의 위쪽 나뭇가지에 있는 잿빛 올빼미처럼 조용히 앉아 잠들지 않은 채, 비 오는 어둠 속을 빈틈없이 경계했다.

3

 라즈 류보프 지휘관은 골치가 아팠다. 그것은 오른쪽 어깨 근육에서 가볍게 시작되어 점점 세지더니 오른쪽 귀 위에서 요란한 북소리가 되었다. 언어 중추는 왼쪽 대뇌 피질 속에 있어, 그렇게 생각했지만, 생각을 말로 할 수가 없었다. 말을 할 수도, 읽을 수도, 자거나 생각할 수도 없었다. 피질, 비질. 편두통, 변기통, 으으으. 물론 그는 대학 때 한 번, 그리고 의무적인 군(軍) 예방 심리 치료 강습을 받는 동안 다시 한 번 편두통 치료를 받고 나왔지만, 지구를 뜰 때 만약을 위해서 에르고타민 알약들을 조금 챙겨 왔다. 그는 두 알을 먹었다. 그리고 에르고타민의 효력을 떨어뜨리는 커피의 카페인을 중화시키기 위해 강력한 진통제, 진정제, 소화제를 먹었다. 그러나 여전히 속에서부터, 딱 오른쪽 귀 위쪽으로 큰북의 박자에 맞추어 송곳이 튀어나오는 듯했다. 송곳, 속옷, 속곳, 맙소사. 하느님이 우리를 구하시리라. 우리르을 구아시리. 애스시 인들은 편두통이 일면 어쩌지? 그들은 저 약들 중 하나도 먹지 않을 것이다. 그들은 긴장감에 붙들리기 일주일 전에 공상에 빠졌을 것이다. 시도해, 공상에 빠지는 시도를 하라고. 셀버가 가르쳐 준 것처럼 시작하란 말이야. 비록 셀버는 전기에 대해 아무것도 모르기에 뇌전도의 원리를 정말로 이해할 수는 없었지만, 알파파에 대해서 듣고 난 후 그 파동들이 뇌전도에 나타나자 "아, 예, 당신 얘기는 이런 뜻이군요." 하고 말했다. 그리고 그의 작은 초록빛 머리 안쪽에서 진행되는 것을 기록하는 그래프 위에 틀림없는 알파파의 짧고 불규칙한 곡선들이 나타났다. 그리고 한 시간 반 동안의 교육에서 그는 알파파를 일으켰다가 가라앉혔다가 하는 법을 류보프에게 가르쳐 주었다. 그것은 정말로 쉬운 일이었다. 하지만 이제는 아니지, 그 세계는 우리에게 너무 버거워, 으으으, 오른쪽 귀 위로 시간이 날개 달린 전차처럼 달려오는 소리가 끊임없이 들리는군. 애스시 인들이 그저께 스미스 기지를 불태워 버리고 200명의 사람들을 살해했기 때문이야. 정확히 말하자면 207명이지. 지휘관을 빼고 살아 있던 사람들 모두. 약들이 편두통의 핵심을 찾아내지 못하는 건 놀랄 일이 아니었다. 그 두통거리는 이틀 전 320킬로미터 떨어진 한 섬에 있기 때문이었다. 언덕들 너머 저 멀리. 잿더미, 잿더미, 모든 게 망했다. 그리고 그 잿더미 가운데 '41세계'의 힐프(고도 지성 생명체)에 관한 그의 모든 지식이 있었다. 먼지, 쓰레기, 그릇된 데이터들과 그릇된 가설들의 뒤범벅. 그는 지구년으로 거의 5년을 이곳에 있었고, 애스시 인들이 그의 종족이든 그들의 종족이든 간에 인간을 죽일 수 없을 거라고 믿었었다. 그는 어떻게 그리고 어째서 그들이 인간을 죽일 수 없는지 설명하는 긴 논문도 썼다. 모두 틀렸다. 완전히 틀렸다.

그가 간과한 것이 무엇이었을까?

사령부에서 있을 회의를 위해 건너가야 할 시간이 다 되었다. 조심스럽게 류보프는 일어나 섰는데, 머리 오른쪽이 떨어져 나갈 것 같아서 모두 이어진 동작으로 움직였다. 물속을 걷는 사람처럼 책상으로 다가가서 일반 지급품인 보드카 한 잔을 따라 들이켰다. 그것은 그를 뒤집어 놓았다. 그를 외향적으로 바꾸어 놓았으며 정상적인 상태가 되도록 했다. 그는 기분이 나아졌다. 밖으로 나갔고, 덜커덩거리는 그의 오토바이를 참을 수 없어 사령부를 향해 센트럴빌의 길쭉한 먼지투성이 중심가를 걸어가기 시작했다. 루아우를 지나며 또 한 잔의 보드카 생각이 간절했다. 그러나 데이비드슨 지휘관이 사령부에 막 들어서는 중이기에 류보프는 그냥 갔다.

섀클턴 호의 사람들은 이미 회의실에 있었다. 영 사령관은 전에 한 번 만난 적이 있는데, 그는 이번에 궤도상의 우주선에서 새로운 얼굴들을 몇몇 데리고 왔다. 그들은 함대 제복 차림이 아니었다. 잠시 후 류보프는 조금 놀라며 그들이 지구 인간이 아님을 깨달았다. 그는 바로 소개를 부탁했다. 한 사람은 오르 씨로서, '털 많은 세티아 인'이었고 어두운 잿빛 피부에 땅딸막하고 뚱뚱했다. 다른 이는 레페논 씨로서 키가 크고 흰 피부에 용모가 뛰어났다. 그는 헤인 인이었다. 그들은 흥미를 보이며 류보프와 인사했다. 레페논이 말했다.

"류보프 박사, 나는 애스시 인들 사이에서 역설 수면(자고 있는 듯이 보이지만 뇌파는 깨어 있을 때의 알파파를 보이는 수면 상태.—옮긴이)의 의식적 통제에 관한 박사님의 논문을 방금 막 다 읽었습니다."

그것은 기분 좋은 일이었고, '박사'라는 호칭과 함께 자기 이름이 불리는 것 역시 유쾌했다. 이야기로 보아 그들은 지구에서 몇 년 정도 지낸 것 같았고, 힐프 전문가나 그 비슷한 직업의 사람들 같았다. 그러나 그들을 소개한 사령관은 그들의 지위나 신분에 대해서 언급하지 않았다.

방은 만원이었다. 식민지 생태학자인 고스가 와 있었다. 고급장교들도 모두 왔다. 수선 지휘관도 왔다. 그는 행성 개발(벌채 공사)의 지휘자로서 그의 직위는 류보프처럼 군사적 경향의 평화에 필요한 창안물이었다. 데이비드슨 지휘관은 홀로 왔는데, 꼿꼿한 자세에 잘생겼고, 마르고 억센 얼굴은 차분하고 좀 엄해 보였다. 경호원들이 모든 문에 서 있었다. 군인들의 목은 모두 쇠지레처럼 뻣뻣했다. 그 회의는 명백히 '취조'였다. 누구의 잘못에 대한? 내 잘못이야, 류보프는 절망적으로 생각했다. 그러나 자신의 절망감에서 빠져나와 탁자 건너편의 돈 데이비드슨 지휘관을 혐오와 경멸감이 어린 표정으로 쳐다보았다.

영 사령관은 아주 차분한 음성을 지니고 있었다.

"제군들, 여러분도 아시다시피, 내 우주선이 여기 '41세계'에 들른 이유는 여러분에게 새로운 식민지 주민들을 내려놓기 위한 것으로, 그게 다였네. 섀클턴 호의 임무는 헤인 행성들 중 하나인 '88세계', 즉 프레스트노로 향하는 것이었지. 하지만 여러분의 전초 기지에 대한 습격은, 우연히도 우리가 여기에 머물러 있는 동안 그 일이 벌어졌으니 그냥 넘어갈 수 없군. 특히 여러분이 자연스럽게 조금 후에 통지받을 특정한 상황에 비추어 볼 때 그렇지. 지구 식민지로서 '41세계'의 위상은 지금 수정 대상이라는 게 사실일세, 그리고 제군들의 기지에서 벌어진 학살은 그 점에 관해 식민지 행정부의 결정을 재촉하게 될지도 모르겠네. 확실히 '우리'가 내릴 수 있는 결정들은 빨리 내려야 하네, 내 우주선을 여기에 오래 붙잡아 둘 수 없으니까. 이제 첫째로, 여기에 참석한 사람들 모두가 관련 사실들을 알고 있는지 확실히 하고 싶군. 스미스 기지에서 벌어진 사건에 대한 데이비드슨 지휘관의 보고는 테이프에 녹음되었고 우주선에 있던 우리는 모두 그 보고를 들었네. 여기 제군들도 모두 들었는가? 좋아. 이제 여러분 중 누구라도 데이비드슨 지휘관에게 질문하고 싶은 것이 있으면 질문하게. 나한테 한 가지가 있네. 데이비드슨 지휘관, 자네는 여덟 명의 군인들을 데리고 대형 호퍼를 타고서 다음 날 기지의 그 지역으로 돌아갔네. 그 비행에 대해서 여기 센트럴에 있는 상관의 허락을 받았는가?"

데이비드슨이 일어나 섰다.

"받았습니다, 사령관님."

"착륙하여 기지 근처 숲에 불을 놓을 권한을 부여받았는가?"

"아닙니다, 사령관님."

"그런데, 자네는 불을 질렀지?"

"그랬습니다, 사령관님. 저는 연기를 피워서 내 부하들을 살해한 크리치들을 몰아내고자 했습니다."

"좋아. 레페논 씨?"

키 큰 헤인 사람이 목청을 가다듬었다.

"데이비드슨 지휘관, 스미스 기지에서 당신의 지휘 아래 있던 사람들이 대개 만족스러워 했다고 생각하십니까?"

"예, 그렇습니다."

데이비드슨의 태도는 확고하고 솔직했다. 자신이 곤란한 처지에 있다는 사실을 괘념치 않는 듯했다. 물론 이 함대의 장교들은 데이비드슨에 대해 아무런 권한이 없었다. 그는 200명의 사람들을 잃고 독단적인 보복을 행한 것에 대해 자신의 대령에게 해명하면 되었다. 하지만 그의 대령도 바로 그곳에서 이야기를 듣고 있었다.

"그들에게 충분한 음식을 제공하고 알맞은 주거 공간을 제공했으며, 혹사시키지 않았겠지요? 그러니까 변경의 기지에서 관리할 수 있는 만큼은 말입니다."

"그렇습니다."

"규율들이 아주 엄하게 유지되었습니까?"

"아니요, 그렇지 않습니다."

"그러면 당신은 이 폭동의 동기가 무엇이라고 생각하십니까?"

"모르겠습니다."

"아무도 불만족스러워 하지 않았다면, 왜 그 일부가 나머지를 학살하고 기지를 파괴했을까요?"

걱정스러운 침묵이 흘렀다.

"제가 끼어들어도 될까요?"

류보프가 말했다.

"지구인들에 맞서 숲 사람들이 공격할 때 거기에 가담했던 이들은 이 행성의 원주민 힐프들, 즉 기지에 고용되었던 애스시 인들이었습니다. 보고서에서 데이비드슨 지휘관은 애스시 인들을 '크리치들'이라고 언급했습니다."

레페논은 당황하고 걱정스러운 표정이었다.

"고맙습니다, 류보프 박사. 내가 완전히 오해했군요. 사실 나는 '크리치'라는 단어가 벌채 기지에서 다소 하찮은 일을 하는 지구인의 사회적 계급을 상징한다고 착각했습니다. 우리 모두가 그랬듯, 애스시 인은 같은 종 내에서 비공격적이라고 여겼기에, 나는 크리치들이 그 집단을 뜻한다고는 전혀 생각 못 했습니다. 사실 나는 그들이 당신네 기지에서 당신들과 협력하여 일했다는 것도 모르고 있었어요. ……어쨌든, 나는 그 공격과 폭동을 야기한 게 무엇인지 이해하기가 더욱 혼란스러워졌군요."

"나는 모르겠습니다, 선생."

"지휘관이 그의 지휘 아래 있던 사람들이 만족스러워 했다고 말했을 때, 원주민을 포함해서 말한 겁니까?"

세티아 인인 오르가 말했는데, 단조롭게 중얼거리는 것처럼 들렸다. 헤인 인은 바로 그 말뜻을 알아차렸고, 그 특유의 염려가 깃든 정중한 음성으로 데이비드슨에게 물었다.

"애스시 인들은 기지에서 만족스럽게 생활하고 있었습니까, 그렇게 생각하나요?"

"내가 아는 한은 그렇습니다."

"그곳에서 그들의 처지에, 또는 그들이 해야 했던 일에 특이한 점은 없었습니까?"

류보프는 동 대령과 그의 참모에게서, 그리고 우주선 사령관에게서도 긴장감이 고조되는 것을, 압박감이 높아지는 것을 느꼈다. 데이비드슨은 여전히 차분하고 느긋한 태도였다.

"특이한 점은 없었습니다."

류보프는 이제 그의 과학적 논문들이 섀클턴 호에 보내진 것으로 끝이었음을 알았다. 그의 항의들, 심지어 식민지 행정부가 요구하는 '식민지 주둔에 대한 원주민의 적응'에 관해서 그가 해마다 써낸 평가서들도 사령부의 어느 책상 서랍에만 계속 보관되어 있었던 것이다. 이 두 명의 비 지구인들은 애스시 인들이 착취당한 것에 대해서 아무것도 몰랐다. 영 사령관은 물론 알고 있었다. 그는 오늘 전에 내려왔고 아마도 크리치 우리들을 보았을 것이기 때문이다. 어찌됐든 식민지 운영 면에서 함대 사령관이 지구인과 힐프의 관계에 관해 알아야 할 것이 많지는 않을 터였다. 식민지 행정부가 업무를 운영하는 방식에 대해서 그가 인정하든 안 하든, 그에게 충격적인 것이 많지는 않을 것이다. 하지만 세티아 인과 헤인 인, 그들이 다른 곳에 가는 길에 우연히 들른 게 아니라면 지구인의 식민지들에 대해서 얼마나 많이 알고 있을까? 레페논과 오르는 전혀 여기 행성에 내릴 의도가 없었다. 아니면 내릴 의도가 없었다가 말썽이 생겼다는 소식을 듣고 내리겠다고 주장했을지도 몰랐다. 왜 사령관은 그들을 데리고 왔을까? 그의 뜻인가, 그들의 뜻인가? 그들이 누구든 간에 그들에게서는 권위가 묻어났다. 사람들을 매료시키는 냉정한 권력의 향기를 내뿜었다. 류보프의 두통은 이미 사라졌다. 그는 바짝 정신이 들고 흥분을 느꼈으며 얼굴이 조금 상기되었다.

"데이비드슨 지휘관, 몇 가지 질문이 있네. 그저께, 자네가 네 명의 원주민들과 맞닥뜨렸던 일에 관련해서 말일세. 자네는 그중 하나가 샘, 아니 셀버 델르였다는 것을 확신하나?"

"그렇게 생각하네."

"자네는 그가 자네에게 사적인 원한을 품고 있다는 것을 알고 있겠군."

"몰라."

"모른다고? 그의 아내가 자네와 성 관계를 맺은 직후 자네의 숙소에서 사망했기에, 그는 그녀의 죽음이 자네 탓이라고 여기고 있어. 그걸 몰랐다고? 그는 전에, 여기 센트럴빌에서 자네를 한 차례 공격했네. 그런데 그걸 잊었단 말인가? 흠…… 요점은, 데이비드슨 지휘관에 대한 셀버의 개인적인 증오심이 이 전례 없는 습격을 부분적으로 설명해 주거나 동기를 제공해 줄지도 모른다는 겁니다. 애스시 인들은 개인적인 폭력을 행할 능력이 없어요, 그들에 관한 내 어떤 논문에도 그렇게 밝혀진 일은 없을 겁니다. 제어된 꿈꾸기나 경쟁적인 노래하기에 통달하지 못한 청소년들이야 씨름과 주먹다짐을 벌이는 일이 많습니다. 그렇게 벌어지는 일들 모두가 순하진 않지요. 하지만 셀버는 성인이고 숙련자입니다. 그리고 데이비드슨 지휘관에 대한 그의 첫 번째, 그리고 개인적인 공격은, 나는 우연히 그 사건을 조금 목격했는데, 그건 확실히 살해 시도였습니다. 덧붙여 말하자면, 지휘관에게 보복하려고 했던 것처럼 말입니다. 당시에 나는 그 공격이 슬픔과 스트레스로 인한 개별적이고 정신병적인 사건이며 되풀이될 것 같지는 않다고 생각했습니다. 내가 틀렸어요…… 데이비드슨 지휘관, 자네의 보고서대로라면 네 명의 애스시 인들이 매복해 있던 곳에서 자네의 앞으로 튀어나오자, 결국 자네는 바닥에 쓰러졌다고 했던가?"

"그래."

"어떤 자세로?"

데이비드슨의 차분한 얼굴이 긴장되고 딱딱해졌다. 그리고 류보프는 양심의 가책을 느꼈다. 그는 데이비드슨의 거짓말을 따지고 들어 그가 한 번이라도 진실을 말하게끔 하고 싶었지 다른 사람들 앞에서 망신 주고 싶던 것은 아니었다. 강간과 살해에 대한 고발은 전적으로 자신을 남성적인 인간으로 생각하는 데이비드슨의 이미지를 살려 주었지만, 이제 그 이미지는 위험에 빠졌다. 류보프는 군인이자 전사, 냉혈하고 거친 남성이었던 데이비드슨이 여섯 살짜리 아이만 한 적들에게 꼼짝 못하게 제압당해 있는 모습을 불러일으킨 것이다…… 그렇다면 데이비드슨에게 그가 딱 한 번, 그 작은 초록색 인간들을 내려다보는 게 아니라 올려다보며 누워 있던 순간을 다시 떠올리는 것이 얼마나 고통스럽겠는가?

"바로 누워 있었네."

"머리를 뒤로 젖혔나, 아니면 옆으로 돌렸나?"

"몰라."

"지휘관, 나는 여기서 한 가지 사실을 정확히 하려는 걸세, 왜 셀버가 자네에게 악감정을 품고 몇 시간 전에는 200명의 사람들을 죽이는 것을 도왔는데도 자네를 죽이지 않았는지 설명해 줄지도 모르기 때문이지. 나는 자네가 어쩌다가 애스시 인이 볼 때 적이 더 이상 신체적인 공격을 못하도록 막는 자세를 취했을지 모른다는 의심이 들거든."

"모르겠네."

류보프는 회의 탁자를 흘끗 둘러보았다. 모든 얼굴들이 호기심과 약간의 긴장감을 내보이고 있었다.

"공격을 멈추게 하는 이 몸짓들과 자세들에는 아마도 어떤 본질적인 토대가 있을 것이고 생존을 위한 반응에서 비롯했을 겁니다. 그러나 그것들은 사회적으로 발달되고 확장되어 있으며, 물론 학습되고 있습니다. 그중에 가장 강력하고 완벽한 것은 누운 자세입니다. 등을 바닥에 댄 채 두 눈을 감고 머리를 돌려 목이 완전히 노출되는 자세지요. 제 생각에 그 지역 문화에 속한 애스시 인이라면 그런 자세를 취한 적을 해치기는 불가능했을 겁니다. 그는 그의 분노나 공격적인 충동을 해방시키기 위해 다른 뭔가를 해야 했을 거예요. 지휘관, 그들이 자네를 완전히 제압했을 때, 셀버가 혹시 노래를 불렀는가?"

"그놈이 뭘 했다고?"

"노래 말일세."

"몰라."

막혔다. 이제 글렀다. 류보프가 어깨를 으쓱해 보이고 포기하려고 할 때 세티아 인이 말했다.

"왜 그러시죠, 류보프 선생?"

저 다소 거친 세티아 인의 기질의 가장 매력적인 특징은 호기심이었다. 때를 모르고 지칠 줄 모르는 호기심 말이다. 세티아 인들은 다음에 무엇이 올지 궁금해 하며 열정적으로 죽음을 맞이하는 이들이었다.

류보프가 말했다.

"아시다시피, 애스시 인들은 의례화된 노래를 불러 물리적인 전투를 대신합니다. 게다가 그것은 보편적인 사회현상으로서 생리학적 근거가 있는 것 같습니다, 비록 뭔가를 인간의 '고유한' 것으로 확증하기는 아주 힘들지만 말입니다. 하지만 이곳의 고등 영장류들은 모두 두 남성 간의 음성적 경쟁에 열중합니다. 무수히 울부짖고 휘파람을 불러 대지요. 우세한 남성이 결국 상대방을 칠지도 모르지만, 보통 서로 더 크게 울부짖으려고 애쓰며 그냥 한 시간쯤 보냅니다. 애스시 인들 스스로가 그들의 노래 시합이 이와 유사함을 알고 있는데, 그 시합들 역시 남성들 간에만 벌어집니다. 하지만 그들이 말하듯, 그 노래 시합들은 공격성의 표출만이 아니라 하나의 예술 형식입니다. 더 나은 예술가가 이기는 거죠. 나는 셀버가 데이비드슨 대장 위에서 노래를 불렀는지 어쨌는지 궁금하고, 만약 불렀다면 그가 대장을 죽일 수 없기 때문에 그런 것인지, 아니면 그가 유혈의 참사가 없는 승리를 더 좋아했기 때문인지 궁금했습니다. 이 의문들이 갑자기 더 급박해졌었습니다."

"류보프 박사, 이렇게 공격을 다른 쪽으로 돌리는 장치들이 얼마나 효과적인가요? 그것들은 보편적입니까?"

레페논이 물었다.

"성인들 사이에서는 그렇습니다. 내게 정보를 제공한 자들은 그렇게 진술하고 있고, 내가 관찰한 바도 모두 그것을 뒷받침했습니다. 그저께까지는요. 강간, 폭력적인 공격, 살해는 사실상 그들 사이에 존재하지 않습니다. 물론, 우연한 사고들은 발생하지요. 그리고 정신병자들도 있고요. 많지는 않습니다만."

"위험한 정신병자들에 대해서 그들은 어떻게 합니까?"

"격리시킵니다. 말 그대로요. 작은 섬들에."

"애스시 인들은 육식성이지요, 짐승들을 사냥하나요?"

"예, 육류가 주식입니다."

"놀랍군요."

레페논의 흰 피부는 몹시 흥분한 탓에 더욱 허예졌다.

"효과적인 전쟁 억지책을 가진 인간 사회라니! 그 대가는 뭡니까, 류보프 박사?"

"확실하지는 않습니다, 레페논 선생. 아마도 변화인 것 같습니다. 그들은 변화가 없고 안정적이며 동일한 사회 집단입니다. 그들에게는 역사가 없어요. 완벽하게 통합되어 있고 전적으로 보수적입니다. 여러분은 그들이 사는 저 숲처럼, 그들이 발전 과정에서 정점의 상태에 이르렀다고 말씀하실지도 모르겠군요. 하지만 나는 그들이 새로운 사회에 적응할 수 없음을 뜻하려는 것은 아닙니다."

"여러분, 이 얘기는 아주 흥미롭습니다만, 다소 전문적인 얘기에 속하고, 우리가 여기서 명확히 하고자 하는 문맥에서 약간은 벗어나 있는 것 같소만……."

"동 대령, 죄송하지만, 아닙니다. 이 얘기가 아마도 가장 중요할 겁니다. 그래서요, 류보프 박사님?"

"글쎄요, 지금, 나는 그들이 적응 능력을 증명해 보이고 있는 게 아닌지 의심스럽습니다. 그들의 행동을 우리에게, 지구 식민지에게 맞춤으로써 말입니다. 4년 동안 그들은 서로에게 행하듯 우리에게 행동해 왔습니다. 신체적인 차이점들에도 불구하고, 그들은 우리를 종족의 일원으로서, 인간으로서 인식했습니다. 하지만, 우리는 그들 종족의 일원이 응하듯 응하지 않았습니다. 우리는 그러한 응대와 권리들, 비폭력의 협정들을 무시했습니다. 우리는 죽이고 강간하고 갈라놓고 원주민 인간들을 노예로 삼고 그들의 공동체를 파괴하고 그들의 숲을 베어 넘어뜨렸습니다. 그들이 우리가 인간이 아니라고 결정을 내렸더래도 놀랄 일은 아닐 겁니다."

"그래서 짐승처럼 살해당할 수도 있고, 그래, 그렇군……."

세티아 인이 사실의 상호관계를 따지는 데 열중해서 말했다. 그러나 레페논은 이제 하얀 돌멩이처럼 낯빛을 굳힌 채 말했다.

"노예로 삼았다고요?"

"류보프 지휘관은 개인적인 의견과 이론들을 말하고 있는 거요."

동 대령이 답했다.

"나는 그것들이 틀렸을 가능성이 있다고 생각하고 있음을 말해야겠군요. 그리고 비록 지금의 문맥에서는 부적당하지만, 그와 나는 이전에 이런 문제에 대해 의논한 적이 있소. 우리는 노예들을 고용하지 않소, 선생. 몇몇 원주민들이 우리 사회에 유용한 역할을 맡아 주고 있는 겁니다. '자발적 자생 근로 단체'는 여기 거의 모든 한시적인 기지들의 일부요. 우리는 여기서 임무를 완수하기 위해 아주 제한된 인원을 보유하고 있어 일꾼이 필요하고 그래서 우리가 얻을 수 있는 모든 것을 이용하고 있소. 하지만 노예제가 바탕이라고 할 만한 어떤 체제로 보아도, 우리가 그들을 노예로 삼은 건 분명 아니오."

레페논이 막 말을 꺼내려다가 세티아 인에게 양보했다. 세티아 인은 이렇게 묻기만 했다.

"각 종족의 숫자가 얼마나 됩니까?"

고스가 대답했다.

"현재, 지구인이 2641명입니다. 류보프와 나는 토착 힐프들의 숫자는 아주 어림잡아 300만 정도로 추정하고 있습니다."

"여러분, 여러분은 원주민의 전통들을 바꾸기 전에 이 수치들을 고려했어야 합니다!"

오르는 거슬리지만 완벽히 진짜 조소를 내보이며 말했다.

대령이 말했다.

"우리는 이 원주민들이 어떤 공격을 가하든 격퇴할 수 있도록 알맞게 무장하고 설비를 갖추고 있소. 하지만 첫 번째 탐사대와 여기 류보프 지휘관이 이끌었던 우리의 전문가들로 이루어진 조사원들 양쪽 다 일반적인 합의를 보았는데, 그 때문에 우리는 뉴타이티 인들이 원시적이고 해롭지 않으며 평화를 사랑하는 종족이라고 이해하고 있소. 이제 이 정보는 명백히 틀렸소……."

오르가 대령의 말에 끼어들었다.

"명백히 그렇죠! 대령, 당신은 인간 종족이 원시적이고 해롭지 않으며 평화를 사랑할 거라고 여깁니까? 아니죠. 그런데 당신은 이 행성의 힐프들이 인간임을 알았나요? 당신이나 나나 레페논 같은 인간이라는 것을 말입니다…… 우리는 모두 같은 기원인 헤인이라는 줄기에서 뻗어 나왔으니까."

"그건 과학적 가설이오, 내가 알기로는……."

"대령, 그것은 역사적 사실입니다."

"나더러 억지로 그것을 사실로 받아들이라고 할 수는 없소."

늙은 대령은 점점 더 열을 내며 말했다.

"그리고 나는 입 속에 의견들을 꽉 채워 넣고 꿀 먹은 벙어리가 되어 있는 건 싫소. 사실은 이거요. 이 크리치들은 키가 1미터쯤 되고, 초록색 털로 뒤덮여 있고, 잠자지 않으며, 나의 기준 틀로 볼 때 인간이 아니라는 거요!"

"데이비드슨 지휘관, 당신은 이 토착 힐프들을 인간으로 봅니까, 그렇지 않습니까?"

세티아 인이 물었다.

"나는 모릅니다."

"하지만 당신은 한 명…… 그러니까 이 셀버라는 이의 아내와 성 관계를 맺었습니다. 당신은 암컷 동물들과도 성 관계를 갖곤 했습니까? 나머지 분들은 어떻습니까?"

그는 얼굴이 벌게진 대령과 붉으락푸르락하는 소령들과 흙빛이 된 지휘관들, 움찔거리는 전문가들을 둘러보았다. 그의 얼굴에 경멸감이 스며들었다.

"여러분은 상황을 충분히 고려하지 않았군요."

그의 기준에서 볼 때 그 말은 무지막지한 모욕이었다.

섀클턴 호의 사령관이 마침내 당혹감에 찬 정적의 심연에서 얘기를 건져냈다.

"흠, 제군들, 스미스 기지의 비극은 식민지 전체와 원주민의 관계에 관련되어 있는 게 분명하고, 결코 사소하거나 동떨어진 사건이 아니군. 우리가 확인해야 하는 게 그거였지. 그리고 이러한 사정이기에, 여기서 제군의 문제들을 해결하는 데 우리가 어느 정도 기여를 할 수 있겠군. 여러분이 이들을 기다려 온 줄은 알지만, 우리 여행의 주된 목적은 여기에 200명의 여자들을 떨어뜨려 놓는 것이 아니었네. 우리의 주 목적은 약간의 어려움을 겪고 있는 프레스트노에 가서, 그곳 정부에 앤서블을 건네는 것이었네. 그러니까 동시 통신기 말일세."

"뭐라고요?"

기술자인 세렝이 말했다. 탁자 주위의 시선들이 한 곳에 못 박혔다.

"우리가 싣고 있는 것은 초기 모델일세. 그리고 그것은 대략, 행성 하나의 1년 치 수입을 잡아먹지. 물론, 그건 우리가 지구를 떠났을 때인 행성 시간으로 27년 전 얘기일세. 요즘엔 비교적 싸게 생산해 내고 있네. 그리고 함대 우주선들에 통합 시스템이지. 자연히 로봇이나 사람이 탄 우주선이 이곳에 나타나 제군의 식민지에도 하나를 건넬 걸세. 사실 그것은 유인 행정 우주선으로서 나아가는 중에 있고, 내가 기억하는 숫자가 맞다면 9.4지구년 내로 이곳에 이를 예정일세."

"사령관님은 그걸 어떻게 아십니까?"

누군가가 물었는데 그것은 영 사령관을 의기양양하게 했다. 사령관은 웃으며 대답했다.

"앤서블에 의해서. 우리가 싣고 있는 것 말일세. 오르 선생, 당신네 사람들이 그 장치를 발명했지요. 아마도 당신이 이 용어에 익숙지 않은 여기 사람들에게 설명해 줄 수 있을 것 같소만?"

세티아 인은 여전히 인상을 쓰고 있었다.

"앤서블이 가동하는 원칙들을 이 자리에 있는 사람들에게 설명하지는 않겠습니다. 그러나 그것의 결과는 간단하게 진술될 수 있습니다. 거리가 얼마나 떨어져 있더라도 동시적으로 메시지를 전송한다는 겁니다. 그것의 한 가지 원칙은 반드시 거대한 질량체 위에 있어야 한다는 것이고, 또다른 원칙은 우주의 어느 곳에 있어도 괜찮다는 것입니다. 궤도에 들어선 이후부터 섀클턴 호는 이제 27광년 떨어져 있는 지구와 날마다 통신해 왔습니다. 어느 전자 장치상에서처럼, 메시지를 전달하고 응답하는 데 54년이 걸리지 않습니다. 전혀 시간이 걸리지 않아요. 세계들 간에 더 이상의 시간차는 없습니다."

"얘기하자면, 아광속의 시간 팽창 효과에서 빠져나와 여기, 이 행성의 시공간 속으로 들어서자마자 우리는 고향에 전화를 걸었다네."

부드러운 목소리의 사령관은 이야기를 계속했다.

"그리고 우리가 여행 중인 27년 동안 벌어진 일들에 대해서 이야기를 들었지. 물체들에 대한 시간차는 여전히 남아 있네, 하지만 정보의 지체는 없어. 여러분도 알 수 있듯, 이것은 성간 종족으로서 우리에게 중요한 일이야, 언어 자체가 좀 더 일찍이 우리의 진화에서 중요했듯 말일세. 그것은 똑같은 영향력을 미칠 걸세. 하나의 사회를 가능하게 해 주는 거지."

"오르 씨와 나는 27년 전, 각자의 정부, 즉 타우Ⅱ와 헤인을 대표하는 특사로서 지구를 떠났습니다."

레페논이 말했다. 그의 목소리는 여전히 부드럽고 정중했지만 친근함은 사라지고 없었다.

"우리가 떠날 때, 사람들은 문명 세계들 사이에서 일종의 연맹 같은 것을 형성할 수 있을지에 대해 이야기하고 있었고, 이제 그러한 교신이 가능해졌지요. 현재는 '세계 연맹'이 존재하고 있습니다. 지금까지 18년간 존재해 왔어요. 오르 씨와 나는 이제 그 연맹 위원회의 사절이고, 그리하여 우리가 지구를 떠날 때는 없었던 일정의 권한과 책무들을 지니고 있습니다."

우주선에서 온 세 사람은 계속해서 그러한 이야기들을 했다. 동시적인 메시지 전달기가 존재하며 성간 연방 정부가 존재한다…… '믿기지 않는 일이야. 저들이 짜고서 거짓말을 하고 있는 거야.' 이러한 생각이 류보프의 마음속에 스며들었다. 그는 그 생각을 숙고해 보았고, 그것이 타당하기는 해도 인정할 수 없는 의심이자 방어적인 심리 기제라고 생각하고는 머릿속에서 쫓아 버렸다. 그러나 구분되어 막힌 사고를 하도록 훈련받은 군 참모들과 자기 방어적인 일부 전문가들은 그가 그 생각을 쫓아낸 것만큼이나 주저 없이 그 생각을 받아들일 터였다. 누군가가 그 갑작스러운 새로운 권위자가 거짓말쟁이이거나 음모자라고 주장한다면 그들은 틀림없이 그의 말을 믿을 터였다. 자신이 원하든 원하지 않든 계속해서 열린 사고를 지니고 있도록 훈련받은 류보프만큼이나 그들도 어쩔 수 없었다.

"우리가 모든…… 이 모든 것을 그저 당신의 말대로 받아들여야 한다는 겁니까, 사령관?"

동 대령이 위엄 있으면서도 약간의 비감이 어린 모습으로 말했다. 그는 너무나 머리가 혼란스러워서 적절하게 막힌 사고가 불가능했다. 그는 레페논과 오르와 영을 믿으면 안 된다는 것을 알았지만, 그들의 말을 믿었고, 겁을 집어먹었다.

세티아 인이 말했다.

"아닙니다. 이건 이미 끝난 일입니다. 이전에 이와 같은 식민지는 지나가는 함선들과 구식의 무선 메시지가 들려주는 얘기를 믿어야 했지요. 이제 그럴 필요 없습니다. 여러분은 진위를 조회할 수 있어요. 우리는 프레스트노로 갈 예정이었던 앤서블을 여러분에게 드릴 생각입니다. 우리에게는 그렇게 할 수 있는 연맹의 권위가 있습니다 물론, 앤서블에 의해서 부여받은 것이지요. 여기 여러분의 식민지는 매우 심각한 상태에 있습니다. 내가 여러분의 보고서로부터 생각했던 것보다 더 심각합니다. 여러분의 보고서는 아주 불완전했어요. 검열이나 어리석은 짓이 작용하고 있었던 거죠. 하지만 이제, 여러분은 앤서블을 보유하게 될 것이고, 그러면 여러분의 지구 행정부와 이야기할 수 있습니다. 여러분은 명령을 구할 수 있을 테고, 그러면 앞으로 어떻게 일을 진행시킬지 알게 되겠지요. 우리가 떠나온 후로 지구 정부 조직에 큰 변화들이 있었으니, 나는 여러분이 즉각 그렇게 행동하시기를 권합니다. 더 이상은 과거의 명령들에, 무지에, 신뢰할 수 없는 자치권에 의거해 행동할 어떤 이유도 없습니다."

골난 세티아 인, 오르는 상한 우유처럼 불쾌해진 채로 있었다. 그가 계속 고압적으로 굴어서, 영 사령관이 그의 입을 다물려야 했다. 하지만 사령관이 그래도 되나? "세계 연맹 위원회 사절"의 지위가 어떻게 되지? 여기를 책임지고 있는 사람이 누구지? 류보프는 생각했고 그 역시 두려움으로 아찔함을 느꼈다. 두통이 다시 찾아와 머리를 바싹 죄는 듯한 느낌이었다. 관자놀이 위로 딴딴한 머리띠를 두른 것 같았다.

그는 테이블 너머 레페논의 두 손을 바라보았다. 하얀 피부에 손가락이 기다랬다. 오른손 위에 왼손이 얹힌 채, 차분히 아무것도 안 깔린 테이블의 광 낸 나무판 위에 놓여 있었다. 흰 피부는 지구에서 형성된 류보프의 미적 취향으로 보기에는 흠이었지만, 그 손들의 침착함과 강인함은 아주 마음에 들었다. 헤인 인들에게 세련됨이란 아주 자연스러운 거라고 그는 생각했다. 그들은 아주 오랫동안 그래 왔다. 정원에서 사냥하는 고양이처럼 우아하게, 바다 건너 여름을 좇아가는 제비처럼 확실하게 그들은 사회적이고 지적인 삶을 살았다. 그들은 숙련가들이었다. 결코 어떤 척하거나 가장할 필요가 없었다. 그들은 그 모습 그대로인 인간들이었다. 인간의 껍질이 그렇게 잘 어울리는 이들은 없는 듯했다. 저 작은 초록색 인간들을 제외하면 그렇지 않을까? 그 이상하고 자그마하고 지나치게 순응하고 정체된 크리치들, 그들은 절대적으로, 정직하게, 냉정하게, 그 모습 그대로인 인간들이었다…….

어느 장교가, 그러니까 벤턴이 레페논에게 질문하고 있었다. 그와 오르는 이 단어를 세계 연맹(벤턴은 머뭇거리며 이 단어를 말했다.)을 대신한 관찰자들로서 이 행성에 온 것이냐, 또 어떤 권한을 주장하는 것이냐 뭐냐…… 레페논은 정중하게 그의 질문에 응했다.

"우리는 여기서 관찰자들입니다, 명령을 내릴 자격은 없고 보고할 권리만 있습니다. 여러분은 지구에 있는 여러분의 행정부에만 따를 책임이 있습니다."

동 대령이 안도하며 말했다.

"그러면 아무것도 근본적으로는 바뀌지 않았구려……."

"대령은 앤서블을 잊고 계시는군요."

오르가 대령의 말을 가로막았다.

"대령, 이 회의가 끝나자마자 나는 앤서블의 가동에 대해서 교육할 겁니다. 그러면 여러분의 식민지 행정부와 상담할 수 있을 겁니다."

그리고 영 사령관이 말했다.

"이곳에 여러분의 문제가 다소 급박하기 때문에, 그리고 지구는 이제 연맹의 일원이고 최근 몇 년간 식민지 규약을 다소 변경했을 수도 있기 때문에, 오르 씨의 조언은 타당하고도 시기적절하네. 우리는 프레스트노로 향할 예정이었던 앤서블을 이 지구인 식민지에 넘겨주기로 한 오르 씨와 레페논 씨에게 아주 감사해야 해. 이것은 이분들의 결정이었으니까. 나는 거기에 박수를 보낼 뿐이지. 자, 내려야 할 결정이 한 가지 더 남아 있네. 그리고 나는 제군들의 판단을 안내 삼아서 이 결정을 내려야 하네. 여러분이 만일 이 식민지가 원주민들로부터 추가적인 그리고 좀 더 심각한 공격을 받을 위험에 처해 있다고 느끼면, 내 우주선을 방어 시설로서 한두 주쯤 여기에 둘 수 있네. 여자들을 철수시킬 수도 있고. 아직 아이들은 없지, 맞는가?"

"그렇습니다, 사령관님. 지금 482명의 여성들만 있습니다."

고스가 대답했다.

"흠, 우리 우주선에는 380명의 승객을 태울 공간이 있어. 100명 정도는 좀 더 밀어 넣을 수 있을 걸세. 초과 질량은 지구로 돌아가는 여행에 1년쯤 시간을 더 보낼 테지만 가능할 거야. 불행히도, 내가 할 수 있는 것은 그게 다일세. 우리는 프레스트노로 계속해서 나아가야 하네. 제군들도 아시다시피, 그 행성은 1.8광년 떨어져 있는 여러분의 가장 가까운 이웃이지. 우리는 지구를 향해 귀향하는 길에 여기에 들를 테지만, 그건 지구년으로 최소한 3년 반 이상 걸릴 걸세. 여러분이 버틸 수 있겠나?"

"물론이오."

대령이 말했고, 다른 이들도 그의 대답을 되풀이했다.

"이제 경고를 받았으니 다시 방심하지 않을 거요."

"마찬가지로, 토착 거주민들이 지구년으로 3년 반 이상 버틸 수 있겠소?"

대령은 그렇다고, 류보프는 아니라고 말했다. 그는 데이비드슨의 얼굴을 내내 지켜보아 왔고 공포심 같은 것에 사로잡혔다.

"말씀하시죠, 대령님."

레페논이 정중하게 말했다.

"우리는 이제 여기에 있은 지 4년이 되었고 원주민들은 번성하고 있소. 이 행성의 심하게 낮은 인구 밀도로 여러분이 알 수 있듯, 공간은 충분하고 우리 모두를 수용할 여유가 있소. 그리고 사실 그렇지 않았다면 식민지 행정부가 식민지 건설을 목적으로 이 행성을 개척하지 않았을 거요. 이런 생각을 누군가가 머릿속에 떠올렸다면, 그들이 다시 우리가 방심한 틈을 타는 일은 없겠지. 이 원주민들의 성격에 관하여 잘못된 정보를 받았지만, 우리는 충분히 무장하고 있고 스스로를 지킬 수 있소. 하지만 어떤 보복도 취할 계획은 없소. 그것은 식민지 규약에 명백하게 금지되어 있으니까. 새로운 정부가 어떤 새로운 규칙들을 덧붙였을지 몰라도, 우리는 지금까지 해왔던 대로 할 것이고 그들도 다수를 대상으로 한 복수나 집단 학살에는 분명히 부정적일 거요. 우리는 도움을 청하기 위해 어떤 메시지도 보내지 않을 거요. 결국 고향 행성에서 27광년 떨어진 식민지란 자력으로 존재하게 될 것이고 사실 완전히 자급자족하는 곳이 되리라 예상했을 테니. 그리고 나는 동시 통신기가 정말로 저 사실을 변화시킬지 모르겠구려, 우주선과 인간과 물질은 여전히 광속에 가깝게 여행해야 하니까. 우리는 그저 계속해서 목재를 지구로 보낼 것이고, 알아서 할 거요. 여자들도 아무런 위험에 처해 있지 않소."

"류보프 씨는?"

레페논이 물었다.

"우리는 이제 여기에 4년을 있었지요. 나는 토착 인간의 문화가 4년 더 살아남아 있을지 어떨지 모르겠습니다. 총체적인 육지 환경에 관해서라면 고스 씨가 내 얘기를 뒷받침해 줄 거라고 생각합니다만, 내가 얘기하자면, 우리는 큰 섬 하나의 토착 생명 체계를 회복할 수 없을 정도로 파괴시켰고, 아대륙인 이 소놀에 큰 피해를 입혔으며, 현재와 같은 속도로 계속해서 벌채를 해 나간다면 인간이 거주할 수 있는 주요 대륙들은 아마도 10년 내에 황폐해질 겁니다. 이것은 식민지 사령부나 삼림부의 잘못이 아닙니다. 그들은 착취당할 행성과 그것의 생명 체계, 또는 그것의 토착 인간 거주민들에 대한 충분한 지식 없이 지구에서 마련된 '개발 계획'을 그저 좇아왔을 뿐입니다."

"고스 씨?"

레페논이 정중한 목소리로 고스의 의견을 물었다.

"이런, 라즈, 자네는 상황을 좀 확대시키고 있군. 덤프 섬이 돌이킬 수 없는 손상을 입었다는 것은 아무도 부인할 수 없습니다. 그곳은 내 권고와 정반대로 지나치게 삼림을 베어 냈지요. 어떤 지역의 삼림을 일정 비율 이상으로 베어 내면 대마가 자생하지 못하게 되는데, 여러분도 알다시피, 대마의 뿌리 조직은 맨땅의 흙을 결합시켜 주는 주된 요소입니다. 그것이 없으면 토질이 가루 같아져서 바람의 침식 작용과 심한 강우에 흙이 아주 빨리 흩어집니다. 하지만 나는 우리의 기본 명령들에 문제가 있다는 데에는 동의할 수 없습니다, 우리가 그것들을 철저하게 따르는 한 말이지요. 그 명령들은 이 행성에 대한 주의 깊은 연구를 바탕으로 하고 있습니다. 여기 센트럴에서는 '개발 계획'에 따름으로써 성공했어요. 침식은 그렇게 크지 않고,

개간된 토양은 경작에 아주 알맞습니다. 숲을 베어 내는 것이, 결국 불모지를 만드는 것을 뜻하지는 않지요…… 다람쥐 한 마리의 관점에서 보면 다를지도 모르겠습니다만. 우리는 고유한 숲의 생명 체계들이 '개발 계획'에서 내다보았던 새로운 삼림지-초원-경작지 환경에 어떻게 적응할지 정확하게 예측할 수는 없습니다. 하지만 대부분의 적응과 생존을 위해 형세가 좋다는 것을 알고 있습니다."

"토지 관리국이 '첫 번째 기근' 동안 알래스카에 대하여 했던 얘기가 그거죠."

류보프가 말했다. 목이 바짝 죄어 목소리가 높고 거칠게 나왔다. 그는 고스가 도와줄 줄 알았기 때문이다.

"고스, 당신은 평생에 시트카 스프루스(가문비나무속 수목 — 옮긴이)를 몇 번이나 보았습니까? 흰 올빼미는? 이리는? 에스키모는? '개발 프로그램'이 시작되고서 15년 후에, 토착 알래스카 종들이 서식지에서 살아남을 확률은 3퍼센트가 되었죠. 이제는 0퍼센트이고. 숲의 생태 환경은 섬세해요. 숲이 사라지면, 그것의 동물군도 같이 사라질 겁니다. '세상'을 가리키는 애스시 어는 '숲'을 가리키는 말이기도 하지요. 영 사령관님, 제가 말씀드리고자 하는 것은, 비록 이 식민지가 당장은 위험에 처하지 않을지 몰라도, 행성은……"

"류보프 지휘관. 하급 기술 장교가 그런 의견을 군의 다른 분과의 장교들에게 개진하는 것은 적절하지 않네. 그건 식민지의 상급 장교들의 판단에 의지해야 해. 그리고 앞서 허락도 없이 이처럼 충고하려 드는 시도를 나는 더 이상 참을 수 없군."

늙은 대령이 말했다.

감정을 터뜨리는 바람에 허를 찔린 류보프는 변명을 하며 차분해 보이려고 애썼다. 평정을 잃지만 않았어도, 목소리가 약해지고 거칠어지지만 않았어도, 침착하기만 했어도 좋으련만…….

대령은 얘기를 계속했다.

"우리가 보기에 귀관은 여기 원주민들의 평화 애호와 비공격성에 관련하여 몇 가지 심각하게 틀린 판단을 내린 것 같네. 그리고 그들을 비공격적이라고 말하는 이 전문가적인 서술에 우리가 의지했기 때문에 스미스 기지의 끔찍한 비극에 무방비한 채로 있었던 걸세, 류보프 지휘관. 그러니 나는 다른 힐프 전문가들이 그들을 연구할 시간을 가질 때까지 기다려야 한다고 보네. 자네의 가설들이 다소 근본적으로 틀렸다는 것은 명백하니까."

류보프는 그냥 앉아서 그 말을 받아들였다. 모두가 뜨거운 벽돌처럼 책임을 떠넘기는 것을 우주선에서 온 사람들이 똑똑히 보게 놔두는 것이다. 그게 더 나았다. 그들이 더 불화할수록, 사절들이 더 조사하고 지켜볼 것 같았다. 그리고 그에게는 책임이 있었다. 그는 틀렸던 것이다. 숲 사람들에게 기회를 줄 수만 있다면 내 자존심 같은 건 치워 버려도 돼. 류보프는 그렇게 생각했다. 그리고 이러한 혼자만의 굴욕감과 자기를 희생한다는 느낌이 너무나 강력하게 엄습해서 눈물이 솟았다.

그는 데이비드슨이 자기를 지켜보는 것을 알고 있었다. 뻣뻣하게 일어나 섰는데, 얼굴에 혈기가 올랐고 관자놀이가 쿵쿵 울렸다. 저 망할 놈의 데이비드슨 때문에 비웃음 당하지는 않을 것이다. 레페논이나 오르가 데이비드슨이 어떤 작자인지 모를 리 없었다. 그리고 여기서 저자가 커다란 권력을 쥔 반면, 류보프의 힘은, 그러니까 이른바 '전문가의 권고'란 그저 비웃고 넘어갈 만한 것임을 모를 리 없었다. 만일 식민지 주민들이 그들을 제재하는 거라곤 고성능 무선 수신기 하나밖에 없이 이대로 남겨진다면, 스미스 기지의 대량 학살은 원주민들에 맞선 체계적인 공격의 구실이 될 것이 거의 확실했다. 필시, 세균에 의한 멸종이 되리라. 섀클턴 호가 3년 반이나 4년 후에 뉴타이티 행성으로 돌아오면 번창하는 지구인 식민지를 발견할 터이고 더 이상의 크리치 문제는 없을 것이다. 전혀 없을 것이다. 역병은 유감이었다, 우리는 '규약'이 요구하는 대로 모든 예방 조치를 다했다, 하지만 변종 같은 게 있었던 것이 틀림없다, 저들에게는 자연적인 저항력이 없었다, 하지만 우리는 어떻게든 한 무리라도 구하여 남반구의 뉴포클랜드 섬으로 수송했고 그들은 거기서 잘 해내고 있다, 모두 예순두 명으로서…….

회합은 더 오래 가지 않았다. 회합이 끝나자 류보프는 일어서서 테이블 너머 레페논 쪽으로 몸을 기울였다.

"당신은 '연맹'에 저 숲들을, 숲 사람들을 구하기 위해 뭔가 해야 하노라 말해야 합니다."

목이 죄어, 그는 거의 알아들을 수 없게 말했다.

"그래야 합니다, 제발, 그래야 해요."

헤인 인과 두 눈이 마주쳤다. 그의 시선은 조심스럽고 친절하고 우물처럼 깊었다. 그러나 그는 아무 말도 하지 않았다.

4

 믿을 수 없는 일이었다. 저들은 모두 미쳤다. 이 빌어먹을 외계 세계가 저들을 모두 홱 돌게 만들어 크리치들과 함께 꿈나라로 보내 버린 것이다. 그는 아직도 '회합'과 그 후의 브리핑에서 본 것을 믿으려 하지 않고, 영화를 되풀이해서 보듯 거듭 떠올렸다. 우주 함대 우주선의 선장은 두 명의 휴머노이드에게 아첨을 떨고 있다. 공학자들과 기술자들은 털투성이 세티아인이 선사한 멋들어진 무선 통신기를 두고 두런거리고 있다. 그 세티아인은 몹시 으스대며 거만을 떨었다. 그러나 동시 통신기를 예고한 것은 오래전 지구인의 과학이 아니었나! 휴머노이드들이 그 아이디어를 훔쳐 가 실제 기계로 만들어 내고는, 누구도 그것이 그저 일개 동시 통신기라는 것을 깨닫지 못하게 '앤서블'이라고 부른 것이다. 하지만 최악은 회합 자체였다. 정신 나간 류보프가 횡설수설하며 소리쳐 대는데도 동 대령은 그자를 내버려 두었다. 그자가 데이비드슨과 본부의 참모들과 식민지 전체를 모욕하는 것을 내버려 둔 것이다. 그러는 내내 두 명의 외계인은 앉아서 빙글거렸다. 저 조그만 회색 원숭이와 덩치 큰 허연 피부의 호모 자식이 인간들을 보고 비웃고 있었던 것이다.

그것은 정말 나빴다. 섀클턴 호가 떠난 후에도 전혀 나아지지 않았다. 무하메드 소령의 지휘 아래 있는 뉴자바 기지로 보내진 것은 괘념치 않았다. 대령은 그를 징계해야 했다. 잔소리쟁이 노인네 대령은 그가 복수를 위해 스미스 섬을 공습한 사실에 대해 실로 아주 기뻐하고 있을지도 몰랐다. 하지만 그 공습은 규율 위반이었기에 대령은 그를 질책해야 했다. 좋아, 게임의 규칙이라는 거지. 하지만 저들이 앤서블이라고 부르는 저 꼴사나운 텔레비전 수상기에서 나오는 허튼소리는 규칙에서 벗어난 것이었다. 그 별 볼일 없는 깡통 상자가 사령부의 사람들에게는 새로운 신이었다.

카라치에 있는 식민지 행정부로부터 온 명령들은 이러했다. *지구인과 애스시 인의 접촉은 애스시 인들이 주선한 경우로 제한합니다.* 다른 말로 하자면 크리치 주거 지역에 들어가 더 이상 노동력을 끌어 모으지 못한다는 것이다. *자발적 노동자의 고용은 권하지 않습니다. 강제 노동자의 고용은 금합니다.* 아까와 똑같은 소리다. 저들이 대체 일을 어떻게 해낼 생각이지? 지구는 목재를 원하는 것인가, 아닌가? 그들은 여전히 뉴타이티에 로봇 화물 우주선을 보내고 있다, 그렇지 않은가? 1년에 네 번, 매번 3000만 뉴달러 어치의 최상급 목재들을 모(母)행성인 지구로 실어 갔다. 확실히 개발부의 사람들은 그 돈을 원했다. 그들은 사업가들이었다. 이 메시지들은 그들에게서 오는 게 아니었다, 어떤 바보라도 그건 알 수 있을 것이다.

41세계(왜 저들은 더 이상 뉴타이티라고 부르지 않을까?)의 식민지 상황은 관찰 하에 있습니다. 결정 사항이 이를 때까지 식민지 주민들은 토착 거주민들과 모든 관계에서 극도의 신중을 기해야 합니다...... 자기 방어를 위해 소지하는 소형 무기를 제외하고 어떤 무기의 사용도 절대 금합니다.......

지구에서처럼 말이지. 지구에서는 이제 인간이 휴대 무기를 가지고 다니지조차 못한다는 것만 빼고. 하지만 대체 변두리 세계까지 27광년을 날아와 이렇게 떠들 필요가 어디 있나? 총도 안 되고, 살충제도 안 되고, 이것도 저것도 안 되고, 그저 말 잘 듣는 꼬마 녀석처럼 앉아서 크리치들이 다가와 귀관 얼굴에 침을 뱉고 노래를 불러 대고 나서는 귀관의 뱃속에 칼을 꽂아 넣고 기지를 불살라 버려도 내버려 두고, 저 자그맣고 귀여운 초록색 친구들을 해쳐서는 안 됩니다, 안 됩니다, 귀관!

회피 정책을 강력하게 권고하는 바입니다. 공격이나 보복 정책은 엄격히 금지됩니다.

그것이 사실상 그 모든 메시지의 골자였고 어떤 명청이라도 식민지 행정부가 떠들고 있는 게 아님을 알 수 있었다. 그들이 30년간 그렇게 많은 것을 바꿀 수 있을 리 없었다. 그들은 변두리 행성에서의 삶이 어떠한지 아는 실제적이고 현실적인 사람들이었다. 엄청난 충격으로 미치지 않은 누구에게라도 '앤서블'의 메시지들이 날조라는 것은 명백했다. 그 메시지들은 저 기계에 바로 입력되어 있는 것이고, 가능성 높은 질문들에 대한 일련의 답변들을 컴퓨터가 돌리고 있는 것일지도 몰랐다. 그러나 만일 그렇다면 기술자들은 그들이 간파했을 것이라고 말했다. 그랬겠지. 그러면 저 기계가 즉석에서 다른 세계와 통신하는 것일지도 몰랐다. 하지만 그 세계는 지구가 아니었다. 결단코 아니었다! 저 조그만 장난감의 저편에서 자판으로 답변들을 두들기고 있는 이들은 인간이 아니었다. 외계인들, 휴머노이드들이었다. 세티아 인이 만든 기계이니 아마도 세티아 인들일 것이고, 그들은 간교한 악당들이었다. 그들은 진짜로 성간 지배권을 얻고자 도전할 종족이었다. 물론, 헤인 인들이 그들과 결탁했을 것이다. 이른바 지령들 속에 담긴 이해심 많은 척하는 온갖 허튼소리에는 헤인 인들의 느낌이 실려 있었다.

저 외계인들의 장기적 목적이 무엇인지, 그것을 여기서 추측하기는 어려웠다. 아마도 그 목적은 저 외계인들이 무력으로 장악할 수 있을 만큼 강력해질 때까지 지구 정부를 이 '세계 연맹' 어쩌고 하는 일에 잡아매어 힘을 약화시키는 것과 관련 있을 터였다. 그러나 뉴타이티에 대한 그들의 계획은 뻔히 보였다. 그들은 크리치가 인간들을 쓸어버리도록 놔둘 것이다. 인간들의 두 손은 그저 '앤서블'의 수많은 거짓 지령들에 묶어 두고 학살을 시작하는 것이다. 휴머노이드가 휴머노이드를 돕는 거지. 쥐새끼가 쥐새끼를 돕듯.

그리고 동 대령은 그것을 무턱대고 받아들였다. 그는 명령에 따를 작정이었다. 실제로 그는 데이비드슨에게 이렇게 말했다. "나도 마찬가지로 명령에 따를 생각일세, 그리고 뉴자바에서 귀관은 무하메드 소령의 명령에 따라야 하네." 잔소리쟁이 노인네는 멍청했다. 하지만 그는 데이비드슨을 좋아했고 데이비드슨도 그를 좋아했다. 만일 대령의 명령에 따르는 것이 외계인의 음모를 위해 인류를 배신하는 것을 뜻한다면 그럴 수 없을 터이지만, 그 늙은 군인에 대해서 여전히 안됐다는 생각이 들었다. 대령은 멍청하지만, 충성스럽고 용감한 군인이었다. 저 투덜거리며 고자질이나 해 대는 꽉 막힌 자식인 류보프처럼 타고난 배신자는 아니었다. 만일 크리치들이 해치워 줬으면 하는 인간이 있다면 그것은 저 대단하신 인물인 라즈 류보프, 외계인 애호가였다.

어떤 사람들, 특히 아시아인이나 인도인같이 생긴 사람들은 실제로 타고난 배신자들이다. 모두는 아니지만 일부는 그렇다. 어떤 사람들은 타고난 구원자들이다. 유럽계 아프리카 혈통이거나 좋은 체격을 지니는 식으로, 어쩌다 보니 그렇게 된 것이다. 그러니 그가 그것을 자랑거리로 주장하지는 않았다. 만일 그가 뉴타이티의 남자와 여자들을 구할 수 있다면 그렇게 할 것이다. 그러지 못한다 해도 최선을 다할 것이다. 사실, 그뿐이었다.

여자들, 그게 지금 마음을 들쑤셨다. 그들은 뉴자바에 있던 열 명의 콜리들을 철수시켰고 새로운 콜리들은 한 명도 센트럴빌 밖으로 내보내지 않았다. 아직 안전하지 못하다고 사령부에서는 우는 소리를 했다. 세 군데 식민지 기지는 상당히 험했다. 암컷 크리치나 인간 여성들을 센트럴의 저 운 좋은 놈들에게 넘겨준다면 변방의 식민지에 있는 이들이 어쩔 거라고 예상하는 것일까? 그것은 무시무시한 분노를 초래할 터였다. 하지만 그 상황이 오래갈 리 없었다. 상황 전체가 너무나 말도 안 되는지라 안정적일 수가 없었다. 섀클턴 호가 가 버린 지금 그들이 정상적인 상태로 돌아가지 않는다면, D. 데이비드슨 지휘관은 만사를 정상으로 되돌리기 위해 약간의 추가적인 일을 해야 할 터였다.

그가 센트럴을 떠난 아침, 그들은 크리치 노동자들을 모두 풀어 주었다. 혼성어로 거창하고 고매한 연설이 행해지고 나서 수용소의 문이 열렸고, 운반인, 광부, 요리사, 청소부, 심부름꾼, 하녀들, 한 명도 빠짐없이 길든 크리치들 모두가 내보내졌다. 단 한 명도 머무르지 않았다. 그중 일부는 지구년으로 4년 전, 식민지가 세워졌을 때부터 항상 그들의 주인과 함께했었다. 그러나 그들에게는 아무런 충성심도 없었다. 개나 침팬지라면 부근에서 어슬렁거렸을 것이다. 이것들은 그만큼 발달하지도 못했다. 그들은 그저 뱀이나 쥐처럼, 우리에서 내보내 주자마자 돌아서서 주인을 물어뜯을 만큼만 영리했다. 저 모든 크리치들을 기지 주변에 곧장 풀어놓다니 잔소리쟁이 노인네는 제정신이 아니었다. 덤프 섬에 그들을 내다 버리고('dump'에는 쓰레기 하치장이라는 뜻도 있다.—옮긴이) 굶어 죽도록 내버려 두는 게 제일 나은 해결책이었을 것이다. 그러나 동 대령은 저 두 명의 휴머노이드와

수다스럽게 떠들어 대는 그들의 상자에 여전히 당황해 있었다. 그러니 만일 센트럴에 있는 야생 크리치들이 스미스 기지에서 벌였던 잔악한 행위를 따라 할 계획이라면, 이제 쓸모 있는 신병들을 무수히 보유하게 된 것이다. 그 신참들은 도시 전체의 배치와 일과를 알고 있었고, 무기고가 어디 있는지, 경비병들과 그 나머지는 어디에 배치되어 있는지 알고 있었다. 센트럴 빌이 불타 버린다면 사령부로서는 자업자득일 수도 있었다. 사실, 그들은 그런 대가를 치를 만했다. 배신자들에게 속아 넘어가, 휴머노이드들의 말을 듣고 크리치들의 실상이 어떠한지 진짜로 알고 있는 사람들의 조언을 무시했으니 말이다.

사령부 사람들 중에 그 누구도 그처럼 기지로 돌아와서 유해와 잔해물과 불타 버린 시체들을 확인하지 않았다. 오크의 시신은 그놈들이 벌목반을 살육한 곳에 있었는데, 공기를 감지하느라 튀어나온 더듬이가 있는 이상한 곤충인 양 두 눈에 화살이 튀어나와 있었다. 맙소사, 그 장면이 눈앞에서 사라지지 않았다.

여하튼 한 가지는 분명했다. 그러니까 저 거짓 '지령들'이 뭐라고 떠들든 간에, 센트럴에 있는 자들이 자기 방어를 위해 '소형 휴대 무기'를 사용하고자 집착하지는 않을 터였다. 그들은 화염 발사 장치들과 기관총들을 보유하고 있었다. 열여섯 대의 소형 호퍼들은 기관총을 장착하고 있고 네이팜탄을 투하하는 데 쓸모가 있었다. 다섯 대의 대형 호퍼들은 완전 무장이 되어 있었다. 그러나 그 덩치 큰 호퍼가 필요하지는 않을 것이다. 그저 작은 호퍼 한 대에 타고 숲을 쳐낸 한 지역으로 날아가, 빌어먹을 활과 화살들을 가지고 떼 지어 있는 크리치들을 찾아내어 네이팜탄을 투하하며 그들이 사방팔방으로 달아나고 불에 타는 것을 지켜보면 되는 것이다. 그것으로 다 잘될 터였다. 그것을 상상하니 속이 약간 동요했다. 여자와 자거나,

그에게 덤벼든 크리치, 샘의 온 얼굴을 연타로 두들겨 패서 묵사발을 만들었던 때를 떠올릴 때 같았다. 그것은 대부분의 사람들이 지닌 기억력보다 좀 더 생생한 상상이 더해진 직관적인 기억력이었다. 전혀 대단한 일이 아니었다, 어쩌다 보니 그는 그런 사람이 되어 있었다.

사실인즉슨, 사내가 정말로 그리고 완전히 사내인 유일한 때는 여자를 소유했을 때나 다른 남자를 죽였을 때뿐이다. 그건 그가 만들어 낸 생각이 아니었다. 몇몇 옛날 책들에서 읽은 것이었다. 하지만 그것은 사실이었다. 그가 그런 장면들을 상상하는 것을 좋아하는 것이 그 때문이었다. 크리치들은 실제 인간이 아닐지라도 말이다.

뉴자바는 다섯 개의 큰 섬의 가장 남쪽, 그러니까 적도 바로 북쪽에 있었다. 그래서 완벽한 기후 조건에 가까운 센트럴이나 스미스 기지보다 더웠다. 무덥고 훨씬 더 습했다. 뉴타이티 행성의 어느 곳에서나 우기에는 내내 비가 왔지만, 북쪽 대륙에서는 우기에 고요한 가랑비 같은 게 계속 내렸고 결코 그것 때문에 젖거나 감기에 들 일이 없었다. 여기서는 비가 양동이로 쏟아 붓듯 내렸고, 인도의 우기 때와 같은 폭풍우가 일어서, 그 속에서는 걸을 수도 혼자 일할 수도 없었다. 견고한 지붕만이, 그렇지 않으면 숲만이 비를 피하도록 해 주었다. 빌어먹을 숲은 너무나 울창해서 폭풍우도 들이치지 못했다. 물론, 나뭇잎에서 떨어지는 무수한 물방울들 때문에 젖기야 하겠지만, 이러한 우기 동안 확실히 숲 안쪽에 있으면 바람이 부는 것은 거의 알아채지 못할 것이다. 그러고 나서 숲 밖으로 나서면 '우르릉 쾅쾅!' 소리가 강타한다. 바람에 제대로 서 있지도 못하고, 비가 개간지를 붉은 진흙탕으로 바꾸어 놓는 바람에 사방에 흙탕물을 흘리며 숲 속으로 다시 몸을 피하면 이미 한 발 늦고 만다. 그리고 숲 안쪽은 어둑하고 무덥고 길을 잃기 십상이었다.

 그런데 지휘관인 무하메드 소령은 앞뒤가 꽉 막힌 작자였다. 뉴자바의 모든 일은 규칙대로 행해졌다. 벌목량은 모두 1000스트립씩, 대마 쓰레기를 벌목이 된 스트립에 심는다, 센트럴로 가는 허가는 엄격하게 특혜 없이 돌아가며 받는다, 환각제는 배급제이며 근무 중에 사용하면 처벌받는다, 등등. 하지만 무하메드의 한 가지 좋은 점은 그가 항상 센트럴과 무선 교신을 하지는 않는다는 것이었다. 뉴자바는 그의 기지였고, 그는 자기 식대로 그 섬을 운영했다. 그는 본부에서 오는 명령들을 싫어했다. 그 명령들에 분명히 따르기는 했다. 크리치들을 풀어 주었고 지시가 내려오자마자 소형 공기총을 제외한 모든 총을 무기고에 넣었다. 그러나 일부러 지시를 찾거나 조언을 구하지는 않았다. 센트럴에서든 다른 누구에게서든 그랬다. 그는 독선적인 유형의 사람이었다. 그래서 자신이 옳다고 생각했다. 그것이 그의 큰 결점이었다.

 사령부에서 동 대령의 부관으로 있을 때 데이비드슨은 때때로 관리들의 기록을 보아야 했다. 그의 비범한 기억력은 그러한 사실들을 머릿속에 간직했고, 그는 무하메드의 지능지수가 107이라는 것을 바로 기억해 냈다. 반면에 자신의 지능지수는 118이었다. 11포인트나 차이가 났다. 물론 그가 그 사실을 저 '늙은 소'에게 말할 수는 없었고, '늙은 소'는 그것을 알 수 없으므로 그가 얘기를 들어먹게 할 방법은 없었다. 무하메드는 자신이 데이비드슨보다 더 현명하다고 생각했으니, 방법이 없기는 마찬가지였다.

 사실, 사람들 모두가 처음에는 약간 고집스러웠다. 뉴자바에 있는 사람들이 스미스 기지에서 벌어진 잔악한 행위에 대해 아는 거라곤, 사건이 벌어지기 한 시간 전 그 기지의 지휘관이 센트럴을 향해 떠나서 살아남은 유일한 인간이라는 사실이었다. 그러니 왜 그들이 그를 처음에 요나(성서의 인물. 니느웨로 가서 회개하지 않으면 멸망당할 것이라는 예언을 하라고 신이 명했으나 다른 곳으로 도망쳤다.—옮긴이) 같은 자, 더 심하게는 유다(예수의 12사도 중 예수를 적에게 팔아넘긴 자.—옮긴이) 같은 자로 보았는지 알 수 있을 것이다. 그러나 그를 알게 되면 더 많은 것을 알게 되리라. 그가 결코 탈주자나 배신자가 아니라 뉴타이티 식민지가 배반당하는 것을 막고자 헌신했다는 사실을 깨달을 것이다. 그리고 저 크리치들을 제거하는 것이 이 세계가 지구인의 생활 방식에 안전하도록 만드는 유일한 방법임을 깨달을 것이다.

벌목꾼들에게 이러한 메시지를 알리는 일은 아주 힘들지 않았다. 낮 동안 내내 크리치들에게 일을 시키고, 밤 동안 내내 감시해 온 탓에, 그들은 결코 저 작은 초록색 쥐새끼 같은 것들을 좋아해 본 적이 없었다. 그러나 이제 그들은 저 크리치들이 혐오스러울 뿐만 아니라 위험하다는 것을 깨닫기 시작했다. 데이비드슨이 그들에게 그가 스미스 기지에서 깨달은 것을 말해 주었을 때부터였다. 그리고 그가 함선에 타고 있던 두 명의 휴머노이드가 사령부를 어떻게 세뇌했는지 설명해 주었을 때부터였다. 또한 뉴타이티에서 지구인들을 쓸어버리는 것이 지구에 맞선 외계인의 음모의 작은 일부일 뿐임을 가르쳐 주었을 때부터였다. 그는 그들에게 300만의 크리치들 대 2500명의 인간들이라는, 그 냉혹한 숫자들을 상기시켜 주었다. 그러고 나자 그들은 정말로 그를 지지하기 시작했다.

이곳의 생태 관리 장교까지도 그와 한편이었다. 가엾은 늙은이 키스와는 달랐다. 키스는 인간들이 붉은사슴을 사냥하는 것 때문에 미친 듯이 화내다가 나중에는 저 자신이 배에 비열한 크리치들의 총알을 맞았다. 이 친구, 애트랜더는 크리치 혐오자였다. 실제로 그는 그놈들에 대해서 약간 정신이 나가 있었고, 엄청난 충격 같은 것을 받은 상태였다. 그는 크리치들이 기지를 공격하리라는 사실이 너무나 두려워 마치 겁탈당할까 봐 겁내는 여자처럼 굴었다. 하지만 어쨌든 이 지역의 전문가를 그의 편으로 두는 것은 쓸모가 있었다.

지휘관을 한편으로 만들고자 애쓰는 것은 소용없는 일이었다. 훌륭한 판단력을 지닌 사람으로서, 데이비드슨은 그것이 전혀 소용없는 일임을 거의 즉각 깨달았다. 무하메드는 융통성 없는 자였다. 또한 데이비드슨에 대한 편견을 버리려고 하지 않았다. 그것은 스미스 기지의 일과 뭔가 관련이 있었다. 무하메드는 데이비드슨에게 그를 신뢰할 만한 관리로 여기지 않는다고 자주 말했다.

무하메드는 독선적인 자였지만, 그렇게 융통성 없는 방침에 의거해서 뉴자바 기지를 운영한 것은 데이비드슨에게 이점이었다. 명령에 순종하는 것에 익숙한 꽉 짜인 조직은 자주적인 특성들로 가득한 느슨한 조직보다 접수하기가 쉬웠고, 일단 그가 지휘하게만 된다면, 방어적 및 공격적 군사행동을 위해 하나의 조직으로 단결시키기가 더 쉬웠다. 그가 지휘권을 가져야 했다. '늙은 소'는 훌륭한 벌채 기지 대장이었지만 군인은 아니었다.

데이비드슨은 가장 뛰어난 벌목꾼들과 하급 장교들 몇몇을 확실히 자기편으로 만드느라 분주했다. 그는 서두르지 않았다. 정말로 믿을 만한 이들이 충분히 생겼을 때, 열 명으로 이루어진 팀이 휴게실 건물 지하에 있는 방에서 몇 가지를 슬쩍했다. 그 방은 '늙은 소'가 폐쇄해 놓았는데 전쟁용 장난감들로 가득했다. 그리고 어느 일요일에 숲으로 장난을 치러 갔다.

데이비드슨은 몇 주 전에 크리치들의 마을이 위치한 곳을 파악해 놓았고 부하들을 위해 즐거움을 아껴 두었다. 혼자서도 해낼 수 있지만 그쪽이 더 나았다. 동료 의식, 그러니까 사내들 간에 진정한 유대감을 가져야 하는 법이다. 그들은 그냥 훤한 대낮에 그곳으로 걸어 들어갔을 뿐이다. 지상에서 잡힌 크리치들은 모두 네이팜탄을 씌워 불태워 버렸고, 그러고 나서 굴 지붕들 위에 석유를 쏟아 부어 그 나머지를 구워 버렸다. 빠져나오려던 크리치들은 묵사발이 되어 버렸다. 그게 예술적인 부분이었는데, 쥐구멍에서 그 조그만 쥐새끼들이 빠져나갈 수 있겠다 생각하게 내버려 두고 나오기를 기다렸다가, 그저 두 발 위에 불을 붙여 횃불로 만들어 버린 것이다. 초록색 털은 끝내 주게 지글거리는 소리를 냈다.

그 일은 사실 진짜 쥐새끼들을 사냥하는 것보다 훨씬 더 신나지는 않았지만(지구에 남아 있는 야생 짐승은 그것들이 거의 유일했다.), 좀 더 전율 넘치는 데가 있었다. 크리치는 쥐보다 훨씬 컸고, 비록 이번에는 아니었지만 저항할 수도 있었다. 사실 몇몇 녀석들은 달아나는 대신 누워 버리기도 했다. 두 눈을 감은 채 그저 반듯이 누워 버린 것이다. 그것은 넌더리나는 모습이었다. 다른 동료들 역시 그렇게 생각했고, 한 사람은 누워 있는 크리치 한 놈을 불태워 버린 후에 진짜로 속이 쏠려 토하고 말았다.

성적으로 굶주린 사내들이었지만, 암컷 크리치들 중 한 년도 겁탈하려고 살려 두지는 않았다. 그것은 너무나 비뚤어진 행동이라고 모두가 사전에 데이비드슨에게 동의했던 것이다. 동성애란 다른 인간들과 함께하는 것이니 정상이었다. 암컷 크리치들은 인간 여자처럼 생겼을지는 몰라도 인간이 아니니, 그것들을 죽이는 데에서 쾌감을 얻고 '깨끗'하게 있는 것이 나았다. 그것은 그들 모두에게 충분히 일리가 있었고, 그들은 그 뜻을 지켰다.

기지로 돌아가 그들은 모두 입을 닫은 채로 있었다. 동료들에게도 떠벌리지 않았다. 그들은 분별 있는 사내들이었다. 크리치 원정에 대하여 한마디도 무하메드의 귀에 들어가지 않았다. '늙은 소'가 아는 한 그의 부하들은 모두 그저 나무나 베어뜨리고, 크리치들에게서 떨어져 있고, 명령에 순종하는 착한 사내 녀석들이었다. 그리고 공격 개시일이 될 때까지 그는 그렇게 믿고 갈 터였다.

　크리치들이 공격할 것이다. 어느 곳인가를. 여기, 또는 킹 섬의 기지들 중 한 곳, 아니면 센트럴이 될 것이다. 데이비드슨은 그것을 알고 있었다. 그는 식민지 전체에서 그것을 아는 유일한 장교였다. 대단한 일은 아니었다, 그냥 그가 옳다는 것을 우연히 알 뿐이었다. 그가 확신을 심어 줄 시간이 있었던 이곳의 사람들을 제외하곤 누구도 그를 믿지 않았다. 그러나 조만간, 다른 이들도 그가 옳다는 것을 모두 알게 될 터였다.

　그리고 그는 옳았다.

5

 셜버를 맞대면한 것은 충격적인 일이었다. 산등성이의 마을로부터 센트럴로 급히 돌아오면서, 류보프는 왜 그것이 충격적인 일이었는지 판단하고자, 오싹했던 기운을 분석하고자 애썼다. 어쨌든 사람이 보통 우연히 친한 친구를 만나 겁을 먹지는 않기 때문이었다.
 최고 여인의 초대를 받는 것은 쉽지 않았다. 툰타는 여름 내내 그의 연구의 중심 지역이었다. 그는 거기에 뛰어난 정보원을 몇 데리고 있었고 그곳의 '움막'과 최고 여인과도 사이가 좋았다. 최고 여인은 그가 자유롭게 그 사회에 참여하고 관찰할 수 있도록 해 주었었다. 그 지역에 아직 있는 이전의 노예 크리치들 중 일부를 거쳐, 그녀에게서 실제 초대를 받아내는 데에는 꽤 시간이 걸렸지만, 마침내 그녀는 그의 청에 응했고, 새로운 지령들에 따르자면, 순수하게 '애스시 인들이 주선한 경우'의 만남을 그에게 제공했다. 대령보다는 류보프 자신의 도의심이 그러기를 고집했다. 동 대령은 그가 가기를 바랐다. 그는 크리치의 위협이 걱정스러웠다. 그는 류보프더러 그들의 정세를 파악하고, '우리가 확실히 내버려 두고 있는 지금 그들이 어떻게 반응하고 있는지 살펴보라'고 말했다. 그는 안심하고 싶었다. 류보프는 자신이 제출할 보고서가 동 대령을 안심시켜 줄지 어떨지 판단이 서지 않았다.

센트럴에서 15킬로미터에 이르도록, 평야의 나무들은 베어져 있고 그루터기들은 모두 썩어 부패해 있었다. 그곳은 이제 대마로 이루어진 거대하고 단조로운 평지로서, 비 속에 거친 잿빛을 띠고 있었다. 털투성이 이파리들 아래 어린 관목들이 첫 번째로 자라나고 있었다. 자라난 옻나무들, 난쟁이 미루나무들, 셀비폼들은 다음 차례로 어린 나무들을 보호하게 될 터였다. 이렇게 비가 많이 오는 한결같은 기후에서 내버려 둔다면, 이 지역은 30년 내로 스스로 다시 숲을 이룰 것이며 100년 내로 최고의 안정기에 이른 숲을 보유하게 될 것이다. 내버려 둔다면 말이다.

갑자기 시간이 아니라 공간 속에서 숲이 다시 시작되었다. 헬리콥터 아래 나뭇잎들의 무수히 다양한 초록색이 소놀 북부의 완만하게 부풀어 오르며 겹겹이 층진 언덕들을 뒤덮고 있었다. 대부분의 지구인들처럼, 류보프는 야생 나무들 사이를 거닐어 본 적이 한번도 없고 도시의 한 거리보다 더 큰 숲을 본 적이 없었다. 애스시에서 처음에 숲 속에 있으면 억눌리고 불편한 느낌이 들었고, 초록빛 또는 누런빛의 영원히 계속되는 황혼 속에 나무 둥치와 줄기와 이파리들이 들쑥날쑥 끝없이 몰려 있는 모습에 숨이 막혔다. 각양각색의 경쟁적인 생명체들이 빛을 향하여 모두 밖으로 위로 밀쳐 대고 부풀어 오르며 떼지어 뒤섞여 있는 모습, 작고 의미 없는 무수한 소음들로 이루어진 침묵, 식물의 절대적인 무심함, 이 모든 것에 그는 심란했고, 다른 이들처럼 개척지와 해안에 붙어 지냈다. 그러나 차츰 그는 숲을 좋아하기 시작했다. 고스는 그를 '긴팔원숭이 씨'라고 부르며 짓궂게 놀렸다. 사실 류보프가 좀 긴팔원숭이처럼 생기긴 했다. 둥그스름하고 가무잡잡한 얼굴, 기다란 두 팔, 일찍 세어 가는 머리카락 때문이었다. 그러나 긴팔원숭이들은 멸종되었다. 좋든 싫든 간에, 하나의 힐프로서 그는 같은 힐프들을 찾아 숲으로 들어가야 했다. 그리고 4년이 지난 지금 그는 나무들 아래서 완전히 편안함을 느꼈는데, 아마도 다른 어느 곳보다 편안한 듯했다.

그는 그들의 땅과 장소들을 가리키는 애스시의 이름들, 그러니까 낭랑하게 울려 퍼지는 그 단어들 역시 좋아졌다. 소놀, 툰타, 에슈레스, 에슈센(지금은 센트럴빌이었다.), 엔드토, 앱탄, 그리고 무엇보다, 그 '숲'과 그 '세상'을 가리키는 애스시라는 딘이기 미음에 들었다. 어스(earth), 테라(terra), 텔루스(tellus)가 지구의 흙과 그 행성 모두를 뜻하며, 두 개의 의미를 지닌 하나의 단어인 것처럼 말이다. 그러나 애스시 인들에게 흙이나 땅, 대지는 죽은 것들이 돌아가는 곳이 아니라 산 것들이 살아가는 수단이었다. 즉 그들의 세계의 본질은 대지가 아니라 숲이었다. 지구의 인간들은 점토, 붉은 먼지였다. 애스시의 인간들은 가지이자 뿌리였다. 그들은 돌에 그들의 모습을 새기지 않았다. 오로지 나무에만 새겼다.

그는 그 마을 북쪽의 작은 빈터에 호퍼를 내렸고, 여자 움막을 지나 걸었다. 애스시 인 부락의 냄새가 허공에 자극적으로 드리워져 있었다. 장작 연기, 죽은 생선, 향초(香草)들, 낯선 땀 냄새였다. 땅 밑 집의 공기는, 지구인이 그곳에 몸을 맞춰 넣을 수 있을 때 얘기지만, 이산화탄소와 고약한 냄새들의 희한한 조합이었다. 류보프는 전에 어둑하니 악취 풍기는 툰타의 남자 움막에서 힘들게 숨쉬며 몸을 구부린 채 지적으로 활기찬 여러 시간을 보냈더랬다. 그러나 이번에는 움막에 초대를 받을 것 같지 않았다.

물론 마을 주민들은 이제 6주가 지난 스미스 기지의 학살 사건에 대해서 알고 있었다. 벌목꾼들이 '신비스러운 염력'이라고 믿고 싶어 하는 것만큼

빠르진 않아도 섬들 사이에서는 얘기가 금방 퍼지기 때문에 금방 그 소식을 알았을 것이다. 마을 주민들은 스미스 기지의 학살 사건이 벌어지고 나서 얼마 안 되어 센트럴빌에 있던 1200명의 노예들이 풀려났다는 것 역시 알고 있었다. 류보프는 원주민들이 첫 번째 사건의 결과로서 두 번째 사건을 받아들일지도 모른다는 대령의 생각에 동의했다. 그것은 동 대령이라면 '잘못된 인상'이라고 말할 만한 인상을 주었지만 중요하지는 않을 듯했다. 중요한 것은 노예들이 해방되었다는 것이다. 이미 저질러진 잘못들은 바로할 수 없지만, 최소한 여전히 저질러지고 있지는 않았다. 그들은 다시 시작할 수 있었다. 원주민들은 왜 '유멘'들이 인간을 짐승처럼 취급하는가에 관해 고통스럽고 대답할 수 없는 의문 없이. 그는 해명해야 할 짐과 돌이킬 수 없는 죄에 대한 양심의 가책 없이.

그들이 위협적이거나 소란스러운 문제들에 관해 솔직하고 직접적인 담화를 얼마나 귀히 여기는지 알기에, 류보프는 툰타에서 사람들이 이 상황에 대해 의기양양해 하거나 미안해하거나 기뻐하거나 당황해 하며 그와 이야기할 거라 예상했다. 그런데 아무도 그러지 않았다. 아무도 그에게 많은 말을 하지 않았다.

그는 오후 늦게 왔는데, 그것은 지구인의 도시에서라면 동이 튼 직후에 도착한 것과 같았다. 애스시 인들은 수면을 취했지만(식민지 주민들의 판단은 종종 관찰 가능한 사실들을 무시했다.), 그들의 생리학상 활동력이 가장 저하되어 있을 때는 정오부터 오후 4시 사이였다. 지구인들이 보통 새벽 2시부터 5시 사이인 것과 딴판이었다. 그리고 활발한 감정 상태와 왕성한 활동이 두 번 정점에 이르는 주기를 지녔는데, 그 주기는 두 번의 어스름 녘, 즉 여명과 밤에 시작되었다. 대부분 어른들은 24시간 내에 오륙 시간, 몇 번의 선잠을 잤다. 숙련된 사람들은 24시간에 두 시간만 잤다. 그러니 그들의 선잠이나 꿈꾸는 상태를 '게으름'으로 깎아내리는 사람이 있다면, 그들이 결코 잠을 자지 않는다고 말하는 사람도 있을 터였다. 말보다 그들이 실제로 뭘 하는가를 이해하는 것은 훨씬 더 어려웠다. 지금 툰타에서는 사물이 활동이 저조한 시기를 지나 막 다시 활기를 띠고 있었다.

류보프는 상당수의 낯선 이들을 눈치 챘다. 그들은 그를 보았으나, 아무도 다가오지 않았다. 그들은 그저 거대한 참나무들이 이루는 어둠침침함 속에서 다른 길을 지나가는 존재들이었다. 마침내 그가 아는 누군가가 그의 길을 따라왔다. 최고 여인의 사촌인 셰라였는데, 그다지 중요하지 않고 이는 게 별로 없는 늙은 여인이었다. 그녀는 공손히 그를 환영했지만, 최고 여인과 그의 가장 뛰어난 두 명의 정보원들, 즉 과수원지기인 에가스와 꿈꾸는 이인 튜밥에 대한 질문들에는 대답하지 않거나 대답하지 않으려고 했다. 아, 최고 여인은 아주 바쁘다, 에가스는 누구냐, 게반을 말하는 거냐, 튜밥은 여기 있거나 저기 있을지도 모르겠다는 식이었다. 그녀는 류보프에게 바짝 붙어 있었고, 다른 이들은 아무도 그에게 말을 걸지 않았다. 그는 계속 나아갔다. 절름거리며 투덜대는 자그마한 초록색 쭈그렁 할멈과 함께 툰타의 나무숲과 숲 속 빈터들을 지나 남자 움막 쪽으로 갔다.

"저 안에 있는 사람들은 바쁘다우."

"꿈을 꾸고 있나요?"

"내가 그걸 어찌 알겠우? 같이 갑시다, 류보프, 가서 봐요……."

그녀는 그가 항상 이런저런 것들을 보고 싶어 한다는 것을 알았지만, 그의 주의를 돌리기 위해 뭘 보여 줘야 할지 생각나지 않았다.

"가서 어망을 봅시다."

그녀가 약한 목소리로 말했다.

지나가던 소녀, 그러니까 어린 사냥꾼들 중 하나가 그를 올려다보았다.

아마도 그의 키와 털 없는 얼굴에 겁을 먹어 인상을 쓴 것 같은 어린아이를 제외하곤 그가 어떤 애스시 인에게서도 경험한 적 없는 어두운 표정, 원한이 어린 응시였다. 그러나 이 소녀는 겁을 먹은 것이 아니었다.

"좋아요."

그가 세라에게 말했다. 그가 취할 유일한 방침은 유순하게 행동하는 것뿐이라고 느꼈다. 만일 애스시 인들이 실로 마침내 그리고 돌연히 집단적인 적대감을 발전시켰다면, 그것을 받아들여야 했고, 그가 여전히 믿을 만하고 변함없는 친구임을 보여 주려 애써야 했다.

그러나 그들이 느끼고 생각하는 방식을 지금에 와서 어떻게 그렇게 빨리 바꿀 수 있었을까? 그리고 왜? 스미스 기지에서, 도발은 직접적이고 참을 수 없는 것이었다. 데이비드슨의 잔인함은 애스시 인들조차도 폭력을 행사하도록 몰아붙였을 것이다. 그러나 이 마을, 툰타는 결코 지구인의 공격을 받은 적이 없고, 노예로 잡아가는 것 때문에 고생한 적도 없었고, 이 지역의 숲이 베어지거나 불에 타는 것을 본 적이 없었다. 류보프 자신이 그곳에 있었지만(문화 인류학자가 자신의 그림자를 늘 자신이 그리는 그림 바깥에 둘 수는 없는 법이다.), 지난 두 달간은 그랬다. 그들은 스미스 기지로부터 소식을 들었고, 그들 사이에 이제, 지구인의 손아귀에서 고통받았고 그에 대해서 얘기할 난민들과 이전의 노예들이 있었다. 하지만 소식과 풍문만으로 그것을 듣는 사람들이 바뀔 수 있나? 근본적으로 바뀔 수 있을까? 그들의 비공격성은 매우 뿌리 깊어서, 그들의 문화와 사회를 관통하고 그들의 무의식, 그들의 '꿈 시간', 그리고 아마도 그들의 생리 기능에까지 닿아 있지 않았는가? 한 명의 애스시 인이 극도로 잔인한 행위에 자극을 받아 살인을 시도할 수 있음은 알고 있었다. 그는 그 일이 벌어지는 것을 보았으니까…… 딱 한 번. 그리고 혼란에 빠진 공동체가 그와 유사하게 참을 수 없는 상해에 유사한 자극을 받을 수도 있다는 사실을 그는 믿어야 했다. 그것이 스미스 기지에서 벌어진 일이었다. 그러나 아무리 무시무시하고 분노를 불러일으키는 이야기와 풍문이라도, 그것이 이 사람들의 안정된 사회를 격앙시켜 그들로 하여금 그들의 관습과 양식에 맞서고, 그들의 전체적인 생활양식에서 완전히 벗어나게까지 할 수 있을까? 그것은 믿을 수 없었다. 심리학적으로 일어날 것 같지 않은 일이었다. 몇 가지 요소들이 빠져 있었다.

늙은 튜밥이 오두막에서 나올 때, 마침 류보프는 그 앞을 지나고 있었다. 그 늙은이 뒤로 셀버가 나왔다.

셀버는 굴 같은 문을 기어서 나와 똑바로 섰고 낮의 빛에 눈을 깜박거렸다. 낮 빛은 비 때문에 흐리고 나뭇잎들 때문에 침침했다. 그의 짙은 색 두 눈이 류보프의 눈과 마주쳐, 그를 올려다보고 있었다. 두 사람 다 말이 없었다. 류보프는 몹시 겁에 질렸다.

호퍼를 타고 집으로 돌아가면서 그는 놀란 가슴을 헤아리며 공포의 이유가 무엇인지 생각했다. 왜 내가 셀버를 두려워했을까? 까닭 없는 직감이나 단순히 잘못된 유추였을까? 어떤 경우라도 불합리했다.

셀버와 류보프 사이에 변한 것은 아무것도 없었다. 셀버가 스미스 기지에서 행한 일은 정당화될 수 있었다. 설사 그것이 정당화될 수 없다 해도 달라질 것은 없었다. 그들의 우정은 도덕적인 의혹이 건드릴 수 없을 만큼 깊었다. 그들은 아주 열심히 함께 작업했다. 문자 그대로의 의미보다 더 깊은 의미에서 서로를 가르쳤고, 서로의 언어를 가르쳤다. 그들은 기탄없이 이야기를 나누었다. 그리고 친구에 대한 류보프의 애정은, 구조자가 자신이 구해 줄 특권을 부여해 준 생명의 주인에게 느끼는 고마움 같은 것에 의해서 더욱 깊어졌다.

실로 그 순간까지 그는 셀버를 좋아하는 마음과 의리가 얼마나 깊은지 거의 깨닫지 못하고 있었다. 그의 두려움은 사실 인종적 증오심을 알아 버린 셀버가 그를 거부하고, 그의 의리를 경멸하고, 그를 '당신'이 아니라 '그들 중 하나'로 대할지도 모른다는 개인적인 두려움이 아니었을까?

첫 번째 오랜 응시 후에 셀버가 천천히 앞으로 나서서 두 손을 내밀며 류보프를 반가이 맞이했다.

접촉은 숲 사람들 사이에서 주된 대화의 통로였다. 지구인들 사이에서 접촉이란 늘 위협, 공격의 뜻을 함축해서, 형식적인 악수와 성적인 애무 사이에 아무것도 없는 경우가 종종 있는 듯했다. 그 모든 빈 공간을 애스시인들은 다양한 접촉의 관습으로 채워 넣었다. 신호와 확신을 뜻하는 애무는 그것이 어머니와 아이에게 또는 연인들에게 그러한 것처럼 그들에게 필수적이었다. 그러나 그것의 의미는 모성적이고 성적일 뿐만 아니라 사회적이었다. 그것은 그들 언어의 일부였다. 그래서 그것은 양식화되어 있고 체계적이지만 무수하게 조금씩 달라질 수도 있었다. "저들은 항상 앞발로 서로를 긁어 댄다니까." 하고 일부 식민지 주민들은 비웃었는데, 그들은 이렇게 주고받는 애스시 인의 접촉들 속에서 오로지 그들 자신의 호색성밖에 보지 못하는 것이다. 지구인의 호색성은 오로지 성에만 집중했다가 그러고 나서는 억압하고 좌절시켜 버리고, 모든 관능적 즐거움, 모든 인도적 반응에까지 침범하여 그것들을 타락시켜 버린다. 모든 바다와 별들, 모든 나무의 잎사귀들, 모든 인간의 몸짓들을 품고 있는 위대한 어머니, 웨누스 게네트릭스('산모(産母)'라는 뜻. 풍요의 여신 — 옮긴이)에 대한 맹목적이고 교활한 쿠피도('욕정'을 뜻함. — 옮긴이)의 승리인 것이다…….

그래서 셀버는 두 손을 내밀며 앞으로 나서서 지구인이 하는 식으로 류보프와 악수했고, 그러고 나서는 팔꿈치 바로 위쪽을 한 번 쓰다듬는 동작으로 류보프의 두 팔을 잡았다. 그는 류보프의 키의 절반을 조금 넘겼기에,

두 사람 모두에게 그 모든 몸짓은 어렵고 어색했다. 그러나 셀버의 작고 뼈대도 가늘고 초록색 털로 덮여 있는 손이 류보프의 두 팔을 만지는 모습에는 불확실하거나 유치한 데가 전혀 없었다. 그것은 재확신이었다. 류보프는 그의 재확신을 얻은 것이 몹시 반가웠다.

"셀버, 여기서 만나다니 정말로 운이 좋구먼. 자네와 정말 이야기하고 싶었네……."

"지금은 안 돼요, 류보프."

셀버는 상냥하게 말했지만, 그가 말할 때 변함없는 우정에 대한 류보프의 희망은 사라졌다. 셀버는 이미 바뀌었다. 근본적으로 바뀌었다. 뿌리부터

"내가 다시 와도 될까……."

류보프는 다급하게 말했다.

"다른 날에, 그리고 자네와 얘기할 수 있겠나, 셀버? 나에게 중요한 일일세……."

"나는 오늘 여기를 떠나요."

셀버는 더욱 상냥하게 말했지만, 류보프의 두 팔을 놓았고 시선 또한 외면하고 있었다. 이렇게 말 그대로 접촉을 끊어 버린 것이다. 그의 정중함은 류보프 역시 똑같이 행할 것과 대화를 끝내기를 요구했다. 하지만 그러면 류보프는 얘기할 상대가 아무도 없게 될 터였다. 늙은이 튜밥은 그를 쳐다보려고도 안 했다. 그 마을은 이미 그에게서 등을 돌려 버렸다. 그리고 이 사람은 셀버, 이전에 그의 친구였던 이였다.

"셀버, 켈프 데바에서 벌어진 살해 사건, 자네는 그것이 우리 사이에 놓여 있다고 생각하는 것 같으이. 하지만 그렇지 않아. 그건 우리를 더욱 가깝게 만들어 줄지도 몰라. 그리고 노예 우리에 있던 자네의 사람들, 그들은 모두 풀려났어, 그러니 우리 사이에 더 이상 부정한 일은 없네. 그리고 설

사 있더라도…… 늘 있었지만…… 변함없이 나는…… 나는 예전의 나와 똑같은 사람일세, 셀버."

처음에 그 애스시인은 아무 대답이 없었다. 그의 얼굴은 낯설었다. 두 눈은 커다랗고 깊이 패어 있었다. 강인한 생김새는 상처 때문에 일그러진 데다, 모든 윤곽을 따라 나 있으면서도 그 윤곽들을 불분명하게 만드는 짧고 부드러운 털 때문에 둔해져 있었다. 그 얼굴은 류보프를 외면했고, 완고하게 그를 거부하고 있었다. 그러고 나서 갑자기 셀버는 마치 자신의 의사를 거스르듯 돌아보았다.

"류보프, 당신은 여기 오지 말았어야 해요. 당신은 이틀 내로 센트럴을 떠나야 해요. 나는 당신이 어떤 사람인지 모르겠습니다. 아예 몰랐더라면 더 나았을 겁니다."

그 말과 함께 셀버는 가 버렸다. 다리가 늘씬한 고양이처럼 가벼운 발걸음으로, 툰타의 어두운 참나무들 사이에 하나의 초록색 번뜩임으로, 사라져 버렸다. 튜밥은 여전히 류보프에게 눈길 한 번 주지 않은 채 천천히 셀버를 뒤따랐다. 가랑비가 소리 없이 참나무 이파리들 위에, 움막과 강으로 향하는 오솔길들 위에 내렸다. 집중해서 귀 기울이기만 하면 그 빗소리를 들을 수 있다. 하나의 정신이 파악하기에는 너무나 무수한 요소를 지닌 음악, 숲 전체에 연주되는 하나의 끝없는 화음이었다.

"셀버는 신이에요. 이제 가서 어망을 봅시다."

늙은 셰라가 말했다.

류보프는 거절했다. 머무르는 것은 무례하고 지각 없는 행동일 터였다. 어쨌든 머물고 싶은 생각이 들지 않았다.

그는 셀버가 그를, 즉 류보프라는 사람을 거부한 게 아니라 지구인으로서의 그를 거부한 것이라고 자신을 납득시키고자 애썼다. 그러나 달라진

바는 없었다. 전혀 달라지지 않았다.

 그는 자신의 감정들이 얼마나 취약한지를, 상처받는다는 사실에 또 얼마나 상처받는지를 깨달을 때마다 늘 놀라며 못마땅해 했다. 이런 사춘기 소년의 것 같은 감수성은 부끄러웠다. 이제는 좀 더 무덤덤해져야 했다.

 그 자그마한 할멈의 초록색 털은 온통 먼지를 뒤집어썼고 빗방울 때문에 은빛을 띠고 있었다. 류보프가 작별 인사를 하자 할멈은 안도의 한숨을 내쉬었다. 호퍼를 출발시키면서 그녀의 모습에 웃을 수밖에 없었다. 그녀는 절룩거리며 뛰다시피 최대한 빨리 숲 속으로 사라졌는데, 뱀으로부터 도망친 자그마한 두꺼비 같았다.

 질은 중요한 문제이지만 양, 즉 상대적인 크기 역시 그렇다. 훨씬 작은 사람에 대한 평범한 성인의 반응은 거만하거나 보호적이거나 봐주는 척하거나 괴롭히는 식일 수 있다. 하지만 어떤 반응이든 간에 그것은 어른보다 아이에게 맞는 반응이기가 쉽다. 그런데 어린아이 크기만 한 사람이 털로 뒤덮여 있다면 그 이상의 반응이 요구될 텐데, 류보프는 그것을 '테디베어 반응'이라고 불렀다. 애스시 인들이 쓰다듬거나 껴안는 행위를 아주 많이 했기 때문에 그러한 표현이 부적당하지는 않았지만, 그 동기는 여전히 수상쩍은 데가 있었다. 그리고 결국 어쩔 수 없는 '이상(異狀) 반응', 즉 인간이지만 딱 그렇게 보이지 않는 존재로부터 움찔하여 피하는 반응도 있었다.

 그러나 그 모든 것을 넘어서서 지구인들처럼 애스시 인들도 때때로 단순히 우스꽝스럽게 보이는 경우가 있다는 것은 사실이었다. 그들 중 일부는 자그마한 두꺼비나 부엉이, 쐐기 벌레처럼 보였다. 류보프가 뒤에서 우스꽝스러워 보인다는 생각이 들었던 작고 늙은 여인이 셰라가 처음은 아니었다…….

 그가 호퍼를 띄워 참나무 숲과 잎이 진 과수원들 아래 툰타가 사라질 때,

이것이 식민지의 한 가지 문젯거리라고 생각했다. 우리한테는 늙은 여인네들이 없어. 늙은 남자도 없고. 동 대령은 예외지만 그도 겨우 예순 살이야. 늙은 여인들이란 다른 모든 사람들과 다르지, 그들은 그들이 생각하는 바를 이야기해. 애스시 인들에게 정치 체제가 있다고 보는 한에서, 그들은 늙은 여인들의 다스림을 받아. 지성은 남자에게, 정치는 여자에게, 윤리는 그 둘의 상호 작용에 맡겨져 있지. 그게 그들의 합의야. 거기엔 매력이 있고 효과가 있어…… 그들에게는. 지구 행정부가 혼기가 차고 출산 능력이 있는 가슴 불룩한 저 모든 젊은 아가씨들과 같이 두어 명의 노파들을 보냈다면 좋았을 텐데. 저번 날 밤 내가 데리고 있던 젊은 여자, 그녀는 정말 아주 근사했어, 침대에서도 끝내 줬고, 마음씨 상냥한 여자였지. 하지만 맙소사, 40년은 지나야 그녀가 남자에게 무슨 얘기라도 하게 될걸…….

그러나 늙은 여인과 젊은 여인에 관한 생각을 하는 내내, 그 충격이, 그러니까 직감인지 아니면 스스로 인정하기를 거부하는 인식인지 알 수 없는 감정이 고집스럽게 남아 있었다.

그는 본부에 보고서를 제출하기 전에 이 점에 대해 생각해야 했다.

셀버 말이다. 그런데, 셀버에 대해서 뭘 말인가?

셀버는 확실히 류보프에게 중요한 사람이었다. 왜? 셀버가 류보프를 잘 알기 때문에? 아니면 류보프가 한 번도 의식적으로 그 진가를 알려고 해본 적 없지만 셀버의 인품 속에 들어 있는 어떤 실제적인 힘 때문에?

그러나 그는 그것을 알아보았다. 그는 셀버를 바로 비범한 사람으로 가려냈다. '샘', 당시에 셀버의 이름은 그랬는데, 조립식 건물 한 채를 함께 쓰는 세 관리의 시종이었다. 류보프는 벤슨이 아주 괜찮은 크리치를 얻었고 바로 길들였노라고 자랑하던 것을 기억했다.

많은 애스시 인들, 특히 움막의 꿈꾸는 이들은 주기가 두 번인 자신들의 수면 패턴을 지구인에게 맞추어 바꾸지 못한다. 만일 그들이 일상적인 잠을 밤에 자게 되면, 그것은 그들이 렘수면, 또는 역설 수면을 보충하는 것을 방해한다. 그 수면의 120분에 걸친 주기는 밤낮 모두 그들의 삶을 지배했고 지구인의 노동 시간에 맞춰질 수가 없었다. 일단 완전히 깨어 있는 상태로 꿈꾸는 법을 알게 되면, 다시 말해 온전한 정신이 이성의 날카로운 날 위에서가 아니라 이성과 꿈의 이중 지원, 그 섬세한 저울 위에서 평형을 이루도록 하면, 모르는 것으로 할 수 없었다. 일단 알고 나면, 생각하기를 모르는 것으로 할 수 없듯 되돌릴 수 없는 것이다. 그들 중 많은 남자들이 잠 부족으로 휘청대고, 어찌할 바를 모르고, 내향적으로 바뀌고, 심지어 긴장증을 보이게 되었다. 여자들은 갈피를 못 잡고 품위를 잃은 채, 막 노예가 된 이들처럼 부루퉁하니 귀찮아했다. 남성 비숙련자들과 어린 꿈꾸는 이들 중 일부는 최선을 다했다. 그들은 적응하여, 벌목 기지에서 중노동을 하거나 영리한 시종이 되었다. 샘은 그중 한 명이었다. 그는 유능하면서 별 개성 없는 시종이자 요리사, 빨래해 주는 하인, 집사였고 세 명의 주인들 뒤에서 아첨을 떨어 주고 그들의 잘못을 대신해 주는 희생양이었다. 그는 눈에 띄지 않는 법을 배웠다. 류보프는 그를 민족학의 정보 제공자로서 빌려 왔는데, 어떤 공감과 천성으로 인해 바로 샘의 신뢰를 얻었다. 그는 샘이 이상적인 정보 제공자임을 깨달았다. 샘은 그의 민족의 관습에 숙달해 있었고, 그것의 중요성을 지각했으며, 금세 그것을 다른 말로 설명하여 류보프가 이해하기 쉽게 해 주었고, 두 언어, 두 문화, 두 인간 종 사이에 다리를 놓아 주었다.

  2년 동안 류보프는 여행하고 연구하고 면담하고 관찰해 왔지만, 그에게 애스시 인의 사고방식을 가르쳐 줄 열쇠를 얻는 데에는 실패했다. 그는 심지어 자물쇠의 위치조차 몰랐다. 그는 애스시 인들의 수면 습관을 연구했고 그들에게 외관상으로는 아무런 수면 습관이 없음을 발견했다. 그는 털이 숭숭 난 무수한 초록색 머리들에 무수한 전극들을 연결했지만 그래프 상에 나타나는 낯익은 패턴들, 그 축과 들쭉날쭉한 모양, 알파파와 델타파와 세타파들로부터 조금도 뭔가를 이해해 내지 못했다. 마침내, 애스시 인에게 '뿌리'를 가리키는 말이기도 한 '꿈'이라는 단어의 중요성을 이해할 수 있게 해 주고, 그리하여 숲 사람들의 왕국에 들어가는 열쇠를 건네준 이가 셸버였다. 셸버가 뇌전도의 대상자로 같이 있을 때 류보프는 뇌가 자는 것도 깨어 있는 것도 아닌 꿈 상태에 들어서며 보여 주는 독특한 임펄스 패턴을 처음으로 이해하며 보았다. 그 양상과 지구인의 꿈꾸는 수면은 파르테논 신전과 흙집의 관계 같았다. 즉 기본적으로는 똑같지만, 더 복잡하고 우수하며 더 잘 제어되어 있었다.

셸버는 탈출할 수도 있었을 것이다. 그러나 처음엔 시종으로서, 다음에는 (전문가로서 류보프가 가진 몇 가지 특권들 중 하나를 통해) '과학 참모'로서 머물렀고, 여전히 밤이면 다른 크리치들과 함께 우리("자발적 원주민 노동자 숙소")에 틀어박혔다.

"내가 자네를 툰타로 데려가서 함께 일하겠네. 대체 여기 왜 머물러 있는 건가?"

류보프는 셸버와 세 번째로 이야기를 나누었을 때 물었다.

"아내인 델르가 우리에 있어요."

셸버는 그렇게 말했다. 류보프는 그녀를 풀어 주려고 애썼지만, 그녀는 본부 식당에 있었고, 식당 직원을 관리하는 하사들은 '고급 장교들'이나 '전문가들'의 어떤 간섭도 기분 나빠했다. 류보프는 아주 신중해야 했다. 그러지 않으면 그들이 그 여자에게 분풀이를 할 터였다. 그녀와 셸버 모두, 둘 다 탈출하거나 자유로워질 수 있을 때까지 참을성 있게 기다려 온 듯했다. 남성 크리치와 여성 크리치 들은 우리에서 엄격하게 분리되어 있었고 (그렇게 해 놓은 이유는 아무도 모르는 듯했다.), 남편과 아내가 서로 보는 일은 거의 없었다. 류보프는 용케 그의 오두막에서 그들이 만날 수 있도록 주선했다. 마을 북쪽 끝에 그가 혼자 쓰는 오두막이었다. 델르가 그러한 어느 만남에서 본부로 돌아갈 때였다. 데이비드슨이 그녀를 보고 그녀의 여리고 겁먹은 듯한 우아함에 끌린 게 분명했다. 그날 밤 그는 그녀를 숙소로 데려가 강간했다.

아마도 그 짓을 하던 중에 그녀를 죽였을 것이다. 신체적인 불균형 때문에 이런 일은 전에도 일어난 적이 있었다. 아니면 그녀가 삶을 끝냈을 것이다. 어떤 지구인들처럼 애스시 인들에게도 진짜 자살 충동이 있고 살기를 그만둘 수 있었다. 어느 쪽이든 그녀를 죽인 것은 데이비드슨이었다. 그러한 살해 사건은 전에도 일어났었다. 전에 없던 일은, 그녀가 죽고 이틀째에 셀버가 한 행동이었다.

류보프는 마지막에서야 겨우 거기에 도착했다. 그는 그 소리들을 떠올릴 수 있었다. 그는 뙤약볕 속에 중심가를 달려 내려갔다. 그 먼지, 떼 지은 사람들. 그 모든 일은 겨우 5분을 끌었을 뿐이지만, 살인적인 싸움에는 긴 시간이었다. 류보프가 거기에 이르렀을 때 셀버는 피로 뒤덮여 있었고 데이비드슨이 가지고 노는 장난감이나 다름없었다. 그런데도 그는 몸을 일으켜 세워 다시 덤벼들었다. 광포한 분노 때문이 아니라 이성적인 절망 때문이었다. 그는 계속해서 다시 덤벼들었다. 그 끔찍한 고집에 겁먹어 마침내 분노한 것은 데이비드슨이었다. 그는 셀버의 옆구리를 쳐서 때려눕히며 앞으로 나서서 장화발을 들어 그의 머리통을 짓밟으려고 했다. 마침 그때 류보프가 둘러선 사람들 속으로 뛰어들었다. 그는 싸움을 멈춰 세웠다. (지켜보고 있던 열 명인가 열두 명의 사람들이 얼마나 피에 굶주렸었든 간에 그 광경은 굶주림을 채워 주고도 남아서, 류보프가 데이비드슨에게 손을 떼라고 말했을 때 그들은 류보프를 지지했다.) 그때 이후로 그는 데이비드슨을 증오했고, 데이비드슨 역시 살인자와 그의 죽음 사이에 훼방을 놓았다고 류보프를 미워했다.

만일 나머지 우리가 다 그런 자살 행위로 죽는다면, 살인자가 죽이는 것은 자기 자신이다. 그것도 반복적으로, 거듭, 거듭 죽여야만 한다.

류보프는 셀버를 들어 올렸고, 품속에 있는 그의 몸은 가벼웠다. 엉망이 된 얼굴이 셔츠에 눌려서 선혈이 류보프의 피부까지 스며들었다. 그는 셀버를 자신의 방갈로로 데려가 부러진 손목에 부목을 대어 주고, 그의 얼굴에 그가 해 줄 수 있는 처치를 해 주었다. 그를 자신의 침대에 둔 채, 밤마다 말을 붙여 보려고 애썼고, 슬픔과 수치심으로 처량한 그의 마음을 움직이고자 애썼다. 물론, 그것은 규칙에 위배되는 것이었다.

그러나 아무도 그에게 규칙에 대해서 언급하지 않았다. 그럴 필요가 없었다. 그가 식민지 장교들에게 무슨 호감을 샀든 그 대부분을 잃어 가고 있음을 자신이 잘 알고 있었다.

그는 그때까지 신중하게 사령부의 규칙을 지켜 왔다. 원주민들을 극단적으로 잔인하게 대하는 경우에만 이의를 제기하고 도전보다 설득하는 방법을 이용했으며, 그가 지닌 약간의 힘이든 영향력이든 절제해 왔다. 그는 애스시 인들을 착취하는 것을 막을 수 없었다. 그것은 그가 받은 교육으로 예상했던 것보다 훨씬 심각했지만, 당장 그것에 대해 그가 할 수 있는 일은 거의 없었다. 지구의 식민지 행정부와 권익 위원회에 그가 제출한 보고서들은 (54년간의 왕복 여행 끝에) 약간의 효과가 있을지도 몰랐다. 지구는 애스시를 위한 개방적인 식민지 정책이 대 실수였다고 판단할지도 몰랐다. 54년이 걸리더라도 아무것도 안 하는 것보다는 나았다. 만일 그가 이곳 상관들에 대한 인내심을 잃어버린다면 그들은 그의 보고서들을 검열하거나 무효로 만들어 버릴 것이고, 그러면 전혀 아무 희망도 없을 터였다.

하지만 이제 그는 너무나 분노하여 그의 전략을 유지할 수가 없었다. 다른 이들이 뭐라 하든 상관없었지만, 만일 그들이 그에게 '크리치의 애인'이라는 꼬리표를 붙인다면 애스시 인들에 대한 그의 유용성은 손상을 입을 터였다. 그러나 그는 셀버의 절박한 요구 위에다 어떤 그럴싸하고 보편적인 이익을 둘 수 없었다. 친구를 팔아서 사람들을 구할 수는 없는 법이다. 셀버가 입힌 대단찮은 상처들과 류보프의 간섭에 이상하게도 몹시 격분했던 데이비드슨은 저 반항하는 크리치를 끝장낼 작정이라고 떠들고 돌아다녔다. 기회만 있었다면 확실히 그랬을 것이다. 류보프는 2주 동안 밤낮으로 셀버 옆에 있었고, 그런 후에는 그를 센트럴 바깥으로 피신시켜 서부 연안의 도시, 브로터에 내려 주었다. 거기에 셀버의 친척들이 있었다.

노예가 탈출하는 것을 도왔다고 처벌하진 않았다. 사실이 그렇지 못할 뿐이지 애스시 인들은 노예가 아니었기 때문이다. 그들은 '자발적 원주민 노동자'였다. 질책조차 받지 않았다. 그러나 정식 사관들은 그때부터 부분적으로가 아니라 전적으로 그를 불신했다. 그리고 특수부대에 있는 동료들, 그러니까 우주 생물학자, 농업 및 임업 책임자들, 생태학자들은 그가 분별없거나 엉뚱한 짓을 했음을, 또는 어리석었음을 다양한 방법으로 알려 주었다.

"자네는 소풍 오는 줄로 알았나?"

고스가 다그쳤다.

"아니요. 이게 피투성이 소풍이 될 줄은 몰랐습니다."

류보프가 침울하게 말했다.

"고도 지성체가 개척 중인 식민지에 스스로 매이는 이유를 나는 이해할 수 없네. 자네도 자네가 연구 중인 사람들이 파멸당해 아마도 완전히 사라지고 말리라는 것을 알잖나. 세상 이치가 그렇다고. 그것이 인간의 본성이야. 그리고 자네가 그걸 바꿀 수 없다는 걸 알아야 해. 그러니 왜 와서 그 과정을 지켜보는 건가? 자기 학대인가?"

"나는 '인간의 본성'이 뭔지는 모릅니다. 아마도 우리가 전멸시킬 것에 대해 기록을 남기는 것이 인간성의 일부일지도 모르지요…… 정말로, 그것이 생태학자에게 훨씬 더 유쾌한 일이지 않습니까?"

고스는 그 말을 무시했다.

"그렇다면 좋아, 자네의 글들을 써 나가라고. 하지만 그 대학살에서는 벗어나 있게. 자네도 알다시피, 쥐 집단을 연구하는 생물학자가 더 나아가 공격당하는 그의 애완동물 쥐들을 구하려고 하지는 않는 법이란 말일세."

이 말에 류보프는 격분하고 말았다. 그는 심하게 말해 버렸다.

"그럼요, 물론이죠. 하지만 쥐는 애완동물일 수 있어도 친구는 아니잖습니까."

류보프에게 아버지 같은 인물이 되고 싶어 하던 불쌍한 늙은이 고스는 그 말에 속이 상했고, 그것은 아무에게도 도움이 되지 않았다. 그러나 그 말은 진리였다. 그리고 진리가 너희를 자유롭게 할지니(성서의 한 구절—옮긴이)…… 나는 셀버를 좋아해, 그를 존경하고. 그리고 나는 그를 구했지. 그로 인해 고통받았고. 그가 걱정돼. 셀버는 내 친구다.

셀버는 신이에요.

그 조그만 초록색의 노파는 마치 모든 사람이 아는 사실인 양, 아무개는 사냥꾼이라고 말할 때처럼 분명히 그렇게 말했다. "셀버 샤압". 그런데 "샤압"이 무슨 뜻이었더라? '여자 말'의 많은 단어들, 그러니까 애스시 인들의 일상 언어는 '남자 말'에서 비롯했다. '남자 말'은 모든 공동체에서 똑같았고, 그 단어들은 종종 2음절에 양면의 뜻을 지니고 있었다. 그것들은 동전처럼 앞면과 뒷면이 있었다. "샤압"은 신, 또는 신성한 실체, 또는 권능한 존재를 뜻했다. 그것은 또한 아주 다른 뭔가를 뜻했는데, 그 뜻이 뭔지 기억나지 않았다. 생각이 이쯤 이르렀을 때 자신의 방갈로로 돌아와 있었으므로, 그와 셀버가 힘들지만 사이좋게 넉 달 동안 작업하며 만들어 놓은 사전에서 그 뜻을 찾아보면 되었다. 그렇지. "샤압"은 통역자였다.

너무나 딱 들어맞고, 너무나 적절했다.

두 가지 뜻이 관계가 있었나? 종종 그랬지만, 규칙을 이룰 만큼 자주는 아니었나. 신이 통역자라면, 그가 뭘 통역했지? 셀버는 실로 처부적인 통역자였지만, 그 재능은 오로지 우연히 그의 세계에 생겨난 외래 언어를 통해서 나타난 것이다. 그러면 "샤압"이 '남자 말'인 꿈과 철학의 언어를 일상 언어로 옮기는 사람이었나? 하지만 꿈꾸는 이들은 모두 그것을 할 수 있었다. 그러면 그는 환영의 중심적인 체험을 각성해 있는 삶으로 옮길 수 있는 사람일지도 몰랐다. 즉 두 실재 사이에 연결 고리 노릇을 하는 사람인 것이다. 두 실재란 애스시 인이 동등하게 여기는 꿈 시간과 세계 시간으로서 둘의 관계는 긴밀하지만 분명치가 않았다. 연결 고리, 다시 말해 무의식이 지각하는 것을 소리 내어 말할 수 있는 사람. 언어를 '말하는' 것은 행동하는 것이다. 새로운 일을 하는 것이다. 바꾸거나 바뀌는 것이다, 근본으로부터 철저히. 근본은 꿈이다.

그래서 통역자는 신이다. 셀버는 새로운 단어를 그의 사람들의 언어 속에 들여왔다. 그는 새로운 행위를 해내었다. 살해라는 단어, 그 행위를. 신만이 세계들 사이를 가로지르는 사신(死神)처럼 그토록 엄청난 신참자들을 이끌 수 있었다.

그러나 그는 자신이 폭행당하고 아내를 사별한 일에 관한 꿈들을 꾸던

중에 같은 인간을 죽이는 법을 알았을까? 아니면 저 다른 행성인들의 꿈에도 생각지 않은 행동들로부터 배웠을까? 그는 자신의 언어로 말하고 있는가, 아니면 데이비드슨 대장의 언어로 말하고 있는가? 그가 겪는 고통의 뿌리로부터 일어나는 듯한, 그리고 그의 바뀐 본성을 표현하는 듯한 그것은 사실 그의 종족을 새로운 사람들로 만드는 것이 아니라 파괴할 어떤 전염병, 외래의 재앙일지도 몰랐다.

'내가 뭘 할 수 있는가?'를 생각하는 것은 라즈 류보프의 천성이 아니었다. 성격과 교육 탓에 그는 다른 인간들의 일에 간섭하지 않는 경향을 띠었다. 그의 일은 그들이 무엇을 하는가를 알아내는 것이고, 그의 성향은 그들이 계속해서 그것을 하도록 내버려 두는 것이었다. 그는 남을 깨우치기보다는 자신이 깨우쳐지는 것을 더 좋아했고, 진리보다 객관적 사실들의 추구를 더 선호했다. 그러나 가장 사명감이 없는 사람일지라도, 아무 감정 없는 척하지 않는 한, 때로는 사명을 행할 것인가와 간과할 것인가 중 한 가지를 선택해야 하는 문제에 직면하는 법이다. '그들이 무엇을 하고 있는가?'라는 질문이 갑자기 '우리는 무엇을 하고 있는가?'로 바뀌고, 그러고 나서 '나는 무엇을 해야 하는가?'로 바뀌는 것이다.

자신이 이제 그런 선택의 지점에 이르렀음을 류보프는 알았지만 명확히 왜인지는 몰랐고 어떤 대안들이 제시되어 있는지도 몰랐다.

현재 그가 애스시 인들의 생존 가능성을 더 향상시킬 수는 없었다. 레페논, 오르, 그리고 앤서블은 그가 살아생전 이루어지는 것을 봤으면 했던 것보다 더 많은 것을 이루어 냈다. 지구의 정부는 모든 앤서블 통신에서 태도가 확실했고, 비록 몇몇 부관들과 벌목 대장들이 그 지시들을 무시하라고 동 대령을 압박하기는 했지만 그는 명령들을 수행하고 있었다. 그는 충성스러운 장교였다. 게다가 섀클턴 호가 명령들이 어떻게 실행되고 있는지 관찰하고 보고하기 위해 돌아올 터였다. 지구에 보고하는 것은 의미가 있었다. 이제 앤서블, 이 '기계 중의 기계'는 모든 안락하고 낡은 식민지적 자치권을 방해하고 누군가가 한 일에 대하여 그가 살아 있는 동안 책임지도록 하는 기능을 했다. 이제 잘못에 대하여 54년간의 여유는 없었다. 정책은 더 이상 고정되어 있지 않았다. 세계 연맹의 결정은 지금 하룻밤 새에 식민지의 존재를 한 섬에 제한하도록 하거나, 삼림을 베어 내는 것을 금지하거나, 아니면 원주민들을 살해하는 것을 부추기도록 이끌고 있을지도 몰랐다…… 어떤 결정일지는 알 수 없었다. 아직까지 지구 정부의 단조로운 지시들로부터 연맹이 어떻게 일을 하고 어떤 정책들을 개발 중이지는 추측할 수 없었다. 동 대령은 이 다항 선택식의 미래 때문에 걱정했지만, 류보프는 그것을 즐겼다. 다양성 속에 삶이 있고, 삶이 있는 곳에 희망이 있다는 것은 그의 신조를 전체적으로 요약한 것으로서, 확실히 수수한 신조였다.

식민지 주민들은 애스시 인들을 내버려 두었고 애스시 인들은 식민지 주민들을 내버려 두었다. 건전한 상황이었고, 불필요하게 동요되지 않는 상황이었다. 그 상황을 교란할 것 같아 보이는 단 한 가지는 두려움이었다.

현재 애스시 인들은 수상쩍으며 여전히 분개해 있다고 예상할 수도 있으나 특별히 걱정될 정도는 아니었다. 스미스 기지 학살 사건의 소식에 센트럴빌에서 느껴졌던 공황 상태에 관해 말하자면, 그 사건을 다시 떠올리는 일은 아무것도 발생하지 않았다. 그 후로 어느 곳의 어떤 애스시 인도 아무런 폭력적인 행동을 보이지 않았다. 그리고 노예들이 가 버리면서 그와 함께 크리치들 모두가 그들의 숲으로 돌아가 사라져 버렸고, 더 이상 지속적으로 외래인을 혐오하는 격앙된 분위기도 없었다. 식민지 주민들은 마침내 마음을 놓기 시작했다.

만일 류보프가 툰타에서 셀버를 보았노라고 보고한다면, 동 대령과 다른 사람들은 바짝 긴장할 것이다. 그들은 셸버를 체포하여 재판에 부쳐야 한다고 주장할지도 몰랐다. 식민지 규약은 또 다른 법 체계 아래 있는 행성 세계의 구성원을 기소하는 것을 금했지만, 군사 법원은 그러한 구별들을 완전히 무시했다. 그들은 재판을 열어 유죄 판결을 내리고 셸버를 총살할 수도 있었다. 뉴자바에서 데이비드슨을 데려와 증거를 대도록 할 것이다. 아아, 안 돼. 류보프는 사전을 혼잡한 선반 위에 놓으며 생각했다. 그래선 안 돼. 그리고 더 이상 그것에 대해서는 생각지 않았다. 자신이 선택을 했다는 것을 인식하지도 못한 채 그렇게 그는 선택을 하고 말았다.

그는 다음 날 짤막한 보고서를 제출했다. 거기에는 툰타는 평상시대로 자기 할 일을 하고 있으며 그는 무시당하거나 위협당하지 않았노라고 쓰여 있었다. 그것은 사람들을 달래 주는 보고였고, 류보프가 지금까지 썼던 보고서들 중에 가장 부정확한 보고서였다. 그것은 모든 중요한 것들을 생략했다. 최고 여인이 모습을 보이지 않은 것, 튜밥이 류보프를 환영하지 않은 것, 마을에 많은 수의 낯선 이들, 어린 여자 사냥꾼의 표정, 셸버가 있다는 것…… 물론 마지막 사실은 의도적으로 생략했지만, 다른 점에서 그 보고서는 꽤 사실에 입각해 있노라고 류보프는 생각했다. 그는 단지 주관적인 인상들을 생략한 것이다. 과학자라면 응당 그래야 하듯 말이다. 그는 보고서를 쓰면서 지독하게 머리가 아팠고 그것을 제출한 후에는 더 심해졌다.

그는 그날 밤 많은 꿈을 꾸었지만 아침에 그 꿈들은 기억나지 않았다. 툰타를 방문한 후 이틀째 밤 늦은 시각에 그는 잠이 깼었고, 경보 사이렌이 신경질적으로 울어 대는 소리와 쿵쿵 하는 폭발 소리 속에서 마침내 자신이 거부했던 사실에 직면했다. 그는 센트럴빌에서 깜짝 놀라지 않은 유일한 사람이었다. 그 순간 그는 자신이 어떤 존재인지를 알았다. 배신자.

그럼에도 불구하고 지금도 그의 마음속에서는 이것이 애스시 인들의 급습인지 분명하지 않았다. 그것은 한밤중의 테러였다.

그의 오두막은 무시된 채, 다른 가옥들로부터 떨어져 마당에 온전히 서 있었다. 아마도 집을 둘러싼 나무들이 보호했나 보다 생각하면서, 그는 서둘러 밖으로 나섰다. 시내 중심은 불바다였다. 사령부의 석재 벽돌들조차 부서진 가마처럼 속에서 타올랐다. 앤서블이 그 속에 있었다. 그 소중한 연결 고리가. 헬리콥터 승강장과 비행장 쪽에도 역시 화재가 있었다. 저들이 어떻게 폭발물을 입수했을까? 어떻게 저 화재들이 한꺼번에 일어났을까? 중심가 양쪽을 따라 서 있는, 목재로 지어진 모든 건물들이 불타오르고 있었다. 타오르는 소리는 무시무시했다. 류보프는 최재가 난 쪽으로 달려갔다. 길에서 물이 흘러 넘쳤다. 처음엔 그것이 소방용 호스에서 나오는 줄 알았다가, 건물들이 무시무시하게 빨아들이는 듯한 굉음을 내며 불타오르는 동안 맨엔드 강에서부터 비롯하는 주요 수도관이 헛되이 땅위에 물을 내뿜고 있다는 것을 깨달았다. 저들이 어떻게 이 일을 해냈을까? 거기에는 경비병들이 있었다, 비행장의 소형 정찰기들에는 항상 경비병들이 있었는데…… 총성이 울렸다. 일제 사격 소리, 기관총이 다다다다다 하는 소리. 류보프의 주위로 온통 뛰어다니는 자그마한 형상들뿐이었지만, 그는 그들에 대해 깊이 생각지 않고 덩달아 달렸다. 그는 이제 '합숙소'와 나란히 나아가고 있었는데, 한 젊은 여자가 문간에 서 있는 것을 보았다. 그녀의 뒤에서 불길이 펄럭거렸고 그녀 앞에는 확실한 탈출로가 있었다. 그런데 그녀는 움직이지 않았다. 그는 그녀에게 소리쳤고, 그러고는 마당을 가로질러 그녀 쪽으로 달려갔다. 그녀가 공포에 질려 움켜쥐고 있는 문설주에서 두 손을 간신히 떼어 내고 억지로 잡아끌면서 그는 상냥하게 말했다.

"자자, 아가씨, 빨리요."

그러자 그녀는 움직였지만, 충분히 신속하지는 못했다. 그들이 마당을 가로지를 때, 안쪽에서 타오르던 상층의 정면이 붕괴하는 지붕의 목재들에 밀려 천천히 앞으로 무너져 내렸다. 지붕널과 들보들이 포탄 조각처럼 튕겨져 나왔다. 그리고 불붙은 어느 들보의 끝이 류보프를 쳐서 그는 흉하게 뻗어 버렸다. 그의 얼굴은 불길이 번쩍이는 진흙탕 속에 처박혔다. 그는 초록색 털로 뒤덮인 작은 여자 사냥꾼이 그 여자에게 뛰어올라 뒤로 잡아끌어 목을 그어 버리는 것을 보지 못했다. 그는 아무것도 보지 못했다.

6

 아무런 노래도 그날 밤엔 불리지 않았다. 외침과 침묵뿐이었다. 나는 배들이 불타오르자 셀버는 크게 기뻐했고, 두 눈에서 눈물이 흘렀지만 입에서는 아무 말도 나오지 않았다. 그는 말없이 돌아서서(두 팔에 화염 발사기가 묵직했다.) 무리를 이끌고 도시로 돌아갔다.
 서쪽과 북쪽에서 온 각각의 무리들은 셀버처럼 예전에 노예였던 이가 이끌었다. 센트럴에서 유멘에게 봉사했던 그들은 건물과 그 도시의 길들을 알고 있었다.
 그날 밤 공격하러 온 대부분의 애스시 인들이 한번도 유멘의 도시를 본 적이 없었다. 그리고 그중 많은 이가 유멘을 본 적도 없었다. 그들이 온 까닭은 셀버를 따르기 때문이었고, 악한 꿈에 쫓기는데 셀버만이 어떻게 그것을 다스릴지 가르쳐 줄 수 있기 때문이었다. 거기에 무수히 많은 남자와 여자들이 있었고, 그들은 그 도시의 가장자리를 모두 에워싸고 비 내리는 어둠 속에서 완벽히 침묵한 채 기다렸다. 그동안 과거의 노예들이, 한 번에 두세 명씩 짝을 지어 먼저 끝내야 할 일이라고 판단한 일들을 했다. 즉 송수관을 부서뜨리고, 발전소에서 빛을 실어 오는 전선들을 절단하고, 무기고에 침입하여 무기를 훔쳐내는 일이었다. 첫 번째 사망자들, 그러니까 그 경비병들은 조용히 죽었다. 어둠 속에서 신속하게, 사냥 무기와 올가미, 칼, 화살로 해냈다. 그리고 그날 밤 좀 더 일찍이 15킬로미터 남쪽의 벌목 기지에서 훔쳐낸 다이너마이트를 사령부 건물의 지하실인 무기고에 준비시켰다. 그러는 사이에 다른 곳들에서 화재가 시작되었다. 그러자 경보가 울렸고 불이 타올랐으며 밤과 침묵 둘 다 달아나 버렸다. 대부분의 우레 같은 소리와 충격으로 나무가 쓰러지는 소리는 유멘들이 자신을 방어하며 내는 소리였다. 노예였던 이들만이 무기고에서 무기를 가져와 사용했기 때문이다. 나머지는 모두 자신의 창과 칼, 화살을 계속 썼다. 그러나 벌목꾼들의 노예 우리에서 일했던 레스완과 다른 이들이 설치하여 불을 붙인 다이너마이트는 다른 모든 소음들을 능가하는 소음을 만들어 내었고, 사령부 건물의 벽들을 날려 버렸으며 격납고와 나는 배들을 파괴했다.

 그날 밤 그 도시에는 1700명 정도의 유멘들이 있었고 그중 500명가량은 여자였다. 현재 모든 유멘 여자들이 거기에 있었다고 하는데, 오고 싶어 하는 사람들이 아직 다 모이지 않았는데도 셸버와 다른 이들이 행동을 취하기로 마음먹은 것이 그 때문이었다. 숲을 통해 엔드토어의 회합에 왔었던 사오천 명의 남녀는 거기서 이 곳, 이 밤을 향해 왔다.

 불길은 거대하게 타올랐고, 타오르고 살육하는 냄새는 구역질이 났다.

 셸버는 입이 마르고 목구멍이 따끔거려 말을 할 수 없었고 마실 물이 간절했다. 무리를 도시의 가운데 길로 이끌고 갈 때 한 유멘이 그를 향해 달려왔는데, 연기 자욱한 공기의 어둠과 눈부신 빛 속에 흐릿하니 거대한 모습으로 나타났다. 셸버가 화염 발사기를 들어 그것의 주둥이를 젖히는 것과 동시에 유멘은 진창에 미끄러져 주저앉아 무릎으로 기었다. 발사기에서는 아무런 쉭쉭거리는 불꽃도 뿜어져 나오지 않았다. 격납고 밖에 있던 비행선들을 태우느라 다 소모한 것이다. 셀버는 무거운 기계를 내려뜨렸다. 그 유멘은 무장하지 않았고, 남자였다. 셀버는 애써서 말했다.

"그가 도망가게 놔두시오."

하지만 그의 음성은 약했다. 두 사내, 그러니까 '압탑 습지'의 남자 사냥꾼들이 긴 칼을 쥔 채 그가 말하는 중에 그를 지나쳐 뛰어 올랐다. 유멘의 크고 무기 없는 두 손이 허공을 움켜쥐었다가 힘없이 떨어졌다. 그는 생명을 잃고 길 위에 무슨 무디기처럼 누워 버렸다. 거기에는 많은 다른 이들도 죽어 누워 있었다, 한때 도시의 중심이었던 거기에. 불타오르는 소리 말고 이제 큰 소음은 없었다.

셀버는 입을 열어 목쉰 소리로 사냥을 끝내고 집으로 돌아가자는 신호를 내보냈다. 그와 같이 있던 이들이 그 신호를 받아 좀 더 분명하고 크게 가성으로 전달했다. 안개와 증기와 불꽃을 내뿜는 야음 속 가깝고 먼 곳에서 다른 목소리들이 그에 답했다. 셀버는 도시에서 바로 그의 무리를 이끄는 대신에 그들에게 가라는 신호를 하고 나서, 자신은 옆으로 비껴나 타서 붕괴된 건물과 길 사이의 진흙투성이 땅 위에 섰다. 그는 죽은 여자 유멘을 건너질러, 숯덩이가 된 커다란 나무 들보 아래 꼼짝 못하고 누워 있는 사람에게 몸을 굽혔다. 진흙과 어둠에 지워져 버려 이목구비를 알아볼 수 없었다.

그건 공평하지 않았다. 그럴 필요가 없었다. 그토록 많은 죽음 사이에서 그 한 사람을 볼 필요는 없었다. 그가 어둠 속에서 그를 알아볼 필요는 없었다. 셀버는 자신의 무리를 뒤따라 출발했다. 그랬다가 그는 돌아섰다. 힘써 류보프의 등에서 들보를 들어 옮겼다. 무릎을 꿇고 앉아 무거운 머리 밑에 한 손을 슬쩍 넣으니 류보프는 좀 더 편안히 누워 있는 것 같았고 그의 얼굴에서 흙이 치워졌다. 셀버는 그렇게 거기에 움직이지 않고 꿇어앉아 있었다.

 그는 나흘 동안 잠을 자지 않았고 그보다 더 오랫동안 아직까지 꿈을 꾸지 못했다. 얼마나 오래되었는지 몰랐다. 그는 브로터를 떠난 이후로 카다스트에서부터 그를 따르는 이들과 함께 밤낮으로 행동하고, 이야기하고, 여행하고, 계획을 짰다. 숲에서 숲으로 다니며 숲 사람들에게 이야기했다. 그들에게 새로운 얘기를 해 주고, 그들을 꿈에서 깨워 세상으로 나오게 하고, 오늘 밤 이루어진 일들을 준비하고, 끊임없이 이야기하고 다른 사람들이 이야기하는 소리를 들었다. 결코 침묵 속에 있은 적이 없고 결코 홀로 있은 적이 없었다. 그들은 이야기에 귀를 기울였고, 그의 말을 듣고는 그를 뒤따르려고, 새로운 길을 따르려고 왔다. 그들은 무서워하던 불을 스스로 들기 시작했다. 악한 꿈을 지배하기 시작했다. 그리고 두려워하던 죽음을 적들에게 풀어놓았다. 모든 일이 그가 행해져야 한다고 말한 대로 행해졌다. 모든 일이 그가 되어야 한다고 말한 대로 되었다. 오두막과 유멘들의 많은 거처가 불에 탔고, 그들의 비행선들은 불타거나 부서졌고, 그들의 무기들은 몰래 빼앗기거나 파괴되었다. 그리고 그들의 여자들은 죽었다. 불이 사그라지고 있었고, 밤은 점점 더 새카매지면서 연기 때문에 악취를 풍겼다. 셀버는 거의 볼 수가 없었다. 그는 동쪽을 올려다보며 새벽이 가까운지 궁금해 했다. 거기 죽은 이들 사이에서 진창에 꿇어 앉은 채 생각했다. 지금 이것은 꿈이야, 악한 꿈. 내가 그것을 몰아가고 있다고 생각했는데, 그게 나를 몰아가고 있구나.

 꿈속에서, 그의 손바닥에 대어진 류보프의 입술이 약간 움직였다. 셀버는 내려다보았고 죽은 사내의 두 눈이 뜨이는 것을 보았다. 사그라져 가는 불들의 너울대는 빛이 두 눈동자의 표면에서 반짝였다. 잠시 후 그는 셸버의 이름을 불렀다.

"류보프, 당신이 왜 여기 있었죠? 오늘 밤 도시를 벗어나 있어야 한다고 말했잖아요."

그렇게 셸버는 꿈속에서 거칠게 말했다. 마치 류보프에게 화가 난 듯했다.

"자네는 포로인가?"

류보프가 말했다. 목소리는 미약했고 머리를 들지 않았지만, 너무나 평범한 목소리라서 셸버는 이때만은 꿈 시간이 아니라 세계 시간, 숲의 밤이라는 것을 알았다.

"아니면 내가?"

"둘 다 아니에요, 둘 다 포로이든가, 내가 어찌 알겠어요? 모든 엔진들과 기계들은 불타 버렸어요. 모든 여자들이 죽었고요. 도망가려는 사내들은 내버려 뒀어요. 사람들에게 당신의 집에는 불을 놓지 말라고 했으니, 그 책들은 아무 문제 없을 거예요. 류보프, 왜 당신은 다른 이들 같지 않나요?"

"나는 그들과 같아. 인간이지. 그들처럼. 자네처럼."

"아니요. 당신은 달라요……."

"나는 그들과 같아. 그리고 자네와 같고. 이보게, 셸버. 그만하게. 자네는 돌아가야 해…… 자네 자신의…… 자네의 뿌리로."

"당신네 사람들이 가 버리면, 그러면 악한 꿈이 멈출 거예요."

"'지금' 말일세."

류보프가 말하며 머리를 들려고 애썼지만 등이 부러져 있었다. 그는 셸버를 올려다보며 입을 열어 말하려고 했다. 그러나 그의 시선은 내려앉아 다른 시간 속을 보았고, 그의 입술은 벌려진 채 아무 말도 내뱉지 못했다. 그의 숨이 목구멍에서 조금 피리 같은 소리를 냈다.

사람들이 셸버의 이름을 부르고 있었다. 많은 목소리들이 먼 곳에서 부르고 또 불렀다.

"나는 당신과 같이 있을 수 없어요, 류보프!"

셸버는 눈물을 흘리며 말했고 아무 대답이 없자 일어나서 달려가려고 했다. 그러나 꿈과 어둠 속에서는 깊은 물속을 헤치고 나아가는 사람처럼 아주 느릿느릿하게만 갈 수 있었다. '물푸레나무 족의 신령'이 그의 앞에서 걸었다. 류보프나 어떤 유멘보다도 컸고, 마치 나무처럼 컸는데, 그것의 하얀 가면은 그를 돌아보지 않았다. 셸버는 가면서 류보프에게 말했다.

"우리는 돌아갈 거예요. 나는 돌아갈 겁니다. 지금. 우리는 돌아갈 거예요, 지금, 약속해요, 류보프!"

그러나 그의 친구, 그의 목숨을 구해 주었고 그의 꿈을 저버렸던 상냥한 친구, 류보프는 대답하지 않았다. 그는 눈에 보이지 않은 채, 죽음처럼 조용히, 셸버 가까이 그 밤 속 어딘가를 걷고 있었다.

툰타의 일단의 사람들이 어둠 속을 헤매고 있는 셸버에게 왔다. 그는 구슬피 울고 이야기하며 꿈에 압도당해 있었다. 그들은 그를 데리고 엔드토어로 신속하게 돌아갔다.

거기에 임시변통으로 세운 움막(강둑 위의 천막이었다.)에서, 그는 무력하게 누워 이틀 밤낮 정신을 차리지 못했고, '노인들'이 그를 돌보았다. 그동안 사람들이 계속해서 엔드토어로 들어왔다가 다시 나가, 센트럴이라 불렸던 '에슈센의 그곳'으로 돌아가서 그들의 죽은 애스시 인과 외래인의 시체들을 묻었다. 그들의 사망자가 300명 이상이고, 외래인의 사망자는 700명 이상이었다. 500명쯤 되는 유멘들은 수용소, 즉 크리치 우리들에 갇혀 있었다. 텅 빈 채로 떨어져 서 있던 그 우리들은 불에 타지 않았다. 더 많은 수의 유멘들은 탈출했고, 그 일부는 먼 남쪽의 공격받지 않은 벌목 기지로 갔다. 숲이나 '베어진 땅'에 숨어 방황하던 이들은 추적당해 잡혔다. 몇몇 은 죽임을 당했다. 보다 어린 많은 사냥꾼들이 아직도 '그들을 죽여라'라고 말하는 셀버의 목소리만 듣고 있었기 때문이다. 다른 이들은 살인의 밤이 마치 되풀이될까 두려운 악몽, 사악한 꿈이었던 양, 그것을 뒤로 하고 떠났 다. 그래서 덤불 속에 웅크려 갈증에 허덕이고 지칠 대로 지친 유멘과 마 주한 이들은 그를 죽일 수가 없었다. 아마도 유멘이 그들을 죽였을 것이다. 거기에는 열 명과 스무 명의 유멘들로 이루어진 무리들이 있었다. 이들은 벌목꾼의 도끼와, 남은 탄약이 얼마 없긴 해도 권총으로 무장하고 있었다. 애스시 인들은 이 무리들 주위의 숲으로 충분한 인원이 숨어들 때까지 그 들을 추적했고, 그러고 나서는 그들을 제압하여 포박한 채 에슈센으로 끌 고 갔다. 그들은 모두 이삼 일 내로 잡혔다. 소놀의 그 부분에는 숲 사람들 이 들끓고 있었기 때문이다. 누구도 그 숫자의 반 또는 십 분의 일도 모여 있는 것을 경험한 적이 없을 만큼 많은 사람들이 한 장소에 모여 있었다. 여전히 멀리 떨어진 마을과 다른 섬에서 오는 중인 사람들도 있었고, 이미 집으로 돌아가는 이들도 있었다. 사로잡힌 유멘들은 수용소 안에 있는 다른 유멘들 사이에 넣어졌다. 수용소는 초만원이었고 그 임시 막사들은 유멘에 게 너무 작았다. 그들은 하루에 두 번 물과 음식을 공급받았고 늘 200명의 무장한 사냥꾼들이 파수를 보았다.

'에슈센의 밤' 다음 날 오후에 비행선 한 척이 동쪽에서 우르릉거리며 나 타나 착륙할 것처럼 낮게 날다가 사냥감을 놓친 맹금인 양 쏜살처럼 날아 올랐고, 부서진 착륙장과 연기를 피워 올리는 도시와 '베어진 땅'을 선회했 다. 레스완은 무선 통신기들을 확실히 망가뜨려 놓았고, 아마도 그것들에 서 아무 소리가 없자 쿠실이나 리시웰에서 비행선이 왔을 것이다. 거기에 는 유멘들이 사는 세 개의 작은 마을이 있었다. 수용소의 포로들은 막사 바깥으로 몰려 나와 비행선이 머리 위에서 우르릉거릴 때마다 그것을 향해 소리쳤고, 한 번은 그것이 작은 낙하산에 달린 무슨 물체를 수용소 안에 떨어뜨렸다. 그리고 마침내 비행선은 우르릉거리는 소리를 내며 창공 속으로 사라졌다.

이제 애스시에 남아 있는 그렇게 날개 달린 배들은 네 척으로서, 세 척은 쿠실에 한 척은 리시웰에 있었다. 모두 네 명의 사람을 실을 수 있는 소형 배들이었다. 그들은 또한 기관총과 화염 방사기를 싣고 있었기에 레스완과 다른 이들의 마음을 몹시 압박했으나 셀버는 그것에 영향 받지 않은 채 누워, 다른 시간의 알 수 없는 길들을 걷고 있었다.

그는 셋째 날 세계 시간 속에서 깨어났다. 수척하고 어질어질하고 굶주린 채 말이 없었다. 그는 강에서 목욕을 하고 식사하고 난 후, 레스완과 베레의 최고 여인과 지도자로 뽑힌 다른 이들이 하는 얘기에 귀를 기울였다. 그들은 그가 꿈꾸는 동안 세상이 어떻게 되었는지 얘기해 주었다. 모두의 이야기를 듣고 나서, 그는 그들을 둘러보았고 그들은 그에게서 신을 보았다. '에슈센의 밤'에 뒤따르는 혐오감과 공포의 역겨움 속에서 그들 중 일부는 의심이 들었었다. 그들의 꿈은 불안하고 피와 불로 가득 차 있었다. 그들은 하루 종일 낯선 이들에게 둘러싸여 있었다. 온 숲에서 찾아온 사람들로서, 수백, 수천 명, 그 모두가 썩은 고기에 몰려드는 솔개처럼 여기에 모여들었고, 아무도 서로 알지 못했다. 그들에게는 마치 만사의 종말이 다가왔고 아무것도 다시는 똑같지, 바르지 않을 것처럼 보였다. 그러나 셀버의 모습 속에서 그들은 목적을 기억해 냈다. 그들의 고뇌는 달래졌고, 그들은 그가 말하기를 기다렸다.

"살인은 모두 끝났습니다. 모두가 그것을 확실히 알도록 해 주세요."

셀버가 말했다. 그는 그들을 둘러보았다.

"나는 수용소에 있는 사람들과 이야기해야 합니다. 거기서 누가 그들을 이끌고 있나요?"

"'칠면조', '펄럭 발', '젖은 눈'이오."

노예였던 레스완이 말했다.

"'칠면조'가 살아 있다고? 좋아. 일어나게 도와줘, 그래다, 몸에 뼈 대신 뱀장어가 붙어 있는 것 같군……."

잠시 일어나 있자 좀 더 힘이 생겨났고, 한 시간 내로 그는 에슈센을 향해 출발했다. 엔드토어에서 걸어서 두 시간 거리였다.

도착하자 레스와이 수용소 벽에 기대어져 있는 사다리를 타고 올라가서 유멘들이 노예들에게 가르쳤던 혼성 영어로 소리쳤다.

"동은 빨리빨리 문으로 와라!"

아래에 나지막한 시멘트 막사들 사이 통로에서 몇몇 유멘들이 소리치며 그에게 흙덩어리를 던졌다. 그는 몸을 굽히고 기다렸다.

늙은 대령은 나타나지 않았고, 그들이 '젖은 눈'이라고 불렸던 고스가 오두막에서 절뚝거리며 나와 레스완에게 말했다.

"동 대령은 아프시다, 그분은 나올 수 없다."

"어디가 아픈가?"

"뱃속이, 물 때문에 병이 났다. 뭘 원하나?"

"이야기, 이야기를 원한다…… 내 주인인 신이."

레스완은 셀버를 내려다보며 애스시 인의 언어로 말했다.

"'칠면조'는 숨어 있어요, '젖은 눈'하고 얘기하겠어요?"

"좋아, 알겠네."

"너희 궁수들! 여기 문을 지켜라. 문으로, 고스 선생, 빨리빨리!"

문은 고스가 간신히 빠져나올 만큼만 그리고 딱 빠져나올 동안만 열렸다. 그는 문 앞에 홀로 서서 셸버 무리와 마주했다. '에슈센의 밤'에 다친 한쪽 다리는 붕대로 감싸고 있었다. 입고 있는 잠옷은 진흙이 묻고 비에 젖어 있었다. 희끗희끗한 머리카락이 양쪽 귀 주위와 이마 위에 힘없는 꽃줄처럼 늘어졌다. 자신을 체포한 이들보다 두 배는 키가 큰 그는 아주 뻣뻣하게 서서, 분하고 비참한 마음으로 용감하게 그들을 빤히 응시했다.

"원하는 게 뭐지?"

"우리는 얘기해야 한다, 고스 선생."

셸버가 말했다. 그는 류보프에게서 일반 영어를 배웠다.

"나는 에슈레스의 물푸레나무 족의 셸버다. 그리고 류보프의 친구이다."

"그래, 너를 알고 있다. 할 말이 뭔가?"

"내가 할 말은 만일 당신네 사람들과 내 사람들이 약속을 하여 그것이 지켜진다면 살인이 끝나리라는 것이다. 당신들이 남소놀, 쿠실, 티시웰에 있는 벌목 기지들로부터 당신네 사람들을 모아 여기서 모두 함께 지내도록 하겠다면, 당신들은 모두 자유롭게 가도 된다. 당신들은 숲이 죽은 여기서 살아도 된다. 여기서 당신네의 열매 맺는 풀들을 키워라. 더 이상 나무들을 베어 내서는 안 된다."

고스의 얼굴은 좀 더 열띤 표정이 되어 있었다.

"그 기지들은 공격받지 않았는가?"

"그렇다."

고스는 아무 말도 하지 않았다.

셸버는 그의 얼굴을 지켜보다가 이윽고 다시 이야기했다.

"내가 생각하기에, 세상에 살아 있는 당신네 사람들은 2000명이 안 된다. 당신네 여자들은 모두 죽었다. 다른 기지들, 거기에는 아직 무기가 있다. 그러니 당신들은 우리 중 많은 수를 죽일 수 있다. 하지만 우리는 당신네 무기들의 일부를 갖고 있다. 그리고 우리의 숫자는 당신들이 죽일 수 있는 것보다 더 많다. 당신은 그것을 알 거라고 짐작한다, 당신네들이 날아다니는 배에 화염 발사기를 실어 오게 해서 파수꾼을 죽이고 탈출하지 않는 게 그 때문이지. 그건 아무 소용이 없을 것이다. 그리고 우리는 정말로 아주 많다. 당신들은 우리와 약속하는 게 단연코 가장 좋을 것이다. 그러고 나면 당신들은 당신네 '큰 배'가 올 때까지 아무런 해를 입지 않고 기다렸다가 이 세계를 떠날 수 있다. 그게 3년쯤 걸릴 거라고 생각하는데."

"그래, 현지년으로 3년이지…… 네가 그것을 어떻게 알지?"

"글쎄, 노예들에게도 귀는 있다, 고스 선생."

고스는 마침내 그를 똑바로 바라보았다. 그러고는 시선을 돌려, 조바심을 내며 아픈 다리를 달래고자 했다. 그는 다시 셀버를 보았다가 또다시 외면했다.

"우리는 이미 너의 사람들 중 누구도 해치지 않기로 '약속'했었다. 그래서 노동자들을 집으로 보낸 거지. 그건 소용없었다, 너희는 듣지 않았어……."

"그건 우리에게 한 약속이 아니었다."

"어떻게 우리가 아무런 정부도, 중심적인 권위도 없는 족속과 합의나 약속을 할 수 있겠나?"

"나는 모르지. 나는 당신이 약속이 뭔지를 아는지 의심스럽다. 그 약속은 금방 깨어졌으니까."

"무슨 소리지? 누가, 어떻게 말인가?"

"뉴자바의 리시웰에서. 14일 전에. 마을 하나가 불타 버렸고 그 마을의 사람들은 리시웰에 있는 기지의 유멘들에게 살해당했다."

"거짓말이야. 이 학살이 벌어지기 전까지, 우리는 뉴자바와 계속해서 무선 통신으로 접촉하고 있었다. 아무도 그곳에서, 아니 다른 어느 곳에서도 원주민들을 살해하고 있지 않았다."

"당신은 당신이 아는 진실을 이야기하고 있군. 나는 내가 아는 진실을 말하고 있다. 당신이 리시웰에서 벌어진 살인 사건에 대해 모른다는 것을 인정하겠다. 하지만 당신도 그런 일이 저질러졌다는 내 얘기를 받아들여야 한다. 이제 이게 남았군. 약속은 우리에게 그리고 우리와 같이 해야 하고, 지켜져야 한다. 당신은 이 문제에 대해 동 대령 그리고 다른 이들과 이야기하고 싶겠군."

고스는 문으로 다시 들어갈 듯 움직였다가 돌아서서 특유의 굵고 쉰 목소리로 말했다.

"너는 누구인가, 셀버? 네가…… 이 공격을 계획한 게 너냐? 네가 그들을 이끌었나?"

"그렇다, 내가 그랬다."

"그러면 이 모든 피가 네 머리 위에 있군."

그러더니 고스는 돌연 잔인하게 말했다.

"류보프의 피 역시, 너도 알다시피. 그는 죽었어…… 네 '친구 류보프'는."

셀버는 고스의 표현을 알아듣지 못했다. 그는 살인을 배웠으나 죄책감에 대해서는 단어 정도밖에 몰랐다. 잠시 고스의 창백하고 분노 어린 응시에 시선이 사로잡힌 채, 그는 두려움을 느꼈다. 속에서 욕지기가, 무시무시한 냉기가 치밀어 올랐다. 셀버는 그것을 치워 버리려고 애쓰며 한순간 두 눈을 감았다. 마침내 그가 말했다.

"류보프는 나의 친구다, 그러니 죽지 않았다."

"너희는 어린애들이야."

고스가 증오하며 말했다.

"어린애들, 야만인들. 너희에겐 실재에 대한 개념이 없어. 이건 꿈이 아니다, 현실이라고! 너는 류보프를 죽였다. 그는 죽었어. 너는 여자들을······ '여자들'을 죽였어. 그들을 산 채로 불태웠고, 짐승처럼 도살했다!"

"우리가 그들을 살려 뒀어야 했나?"

셀버는 고스와 맞먹게 맹렬히, 그러나 나지막한 음성으로 말했는데 그의 목소리는 약간 노래하는 듯했다.

"'세상'의 시체 속에서 벌레들처럼 번식하라고? 우리보다 더 많아지라고? 우리는 당신들이 후대를 갖지 못하게 하려고 여자들을 죽였다. 나는 현실주의자가 무엇인지 안다, 고스 선생. 류보프와 나는 이런 단어들에 대해 이야기했었다. 현실주의자란 세상과 그 자신의 꿈 모두를 아는 사람이다. 당신들은 제정신이 아니다. 당신네 수천 명의 사람들 중에 꿈꾸는 법을 아는 이는 한 명도 없다. 당신네들 중에서는 가장 나았던 류보프조차 몰랐다. 당신들은 잠을 자지, 깨어나면 꿈을 잊어버려, 다시 자고 다시 깨고, 그렇게 당신들은 온 인생을 허비해. 그리고 그것이 존재요, 삶이요, 현실이라고 생각하지! 당신들은 어린애가 아니다, 다 자란 어른이지. 하지만 정상이 아니야. 그래서 우리가 당신네를 죽여야 했던 것이다, 당신들이 우리를 미치도록 몰아가기 전에. 이제 돌아가서 다른 정신 나간 인간들과 현실에 대해 이야기해라. 오랫동안, 충분히!"

파수꾼들이 문을 열며, 모여 있는 유멘들을 안쪽으로 들어가라고 창으로 위협했다. 고스는 수용소로 다시 들어갔다. 비 때문인 양 두 어깨를 움츠리고 있었다.

셀버는 몹시 피곤했다. 베레의 최고 여인과 다른 여자가 그에게 와서 같이 걸었다. 그는 만일 비틀거리더라도 주저앉지 않도록 두 팔을 그들의 어깨에 얹었다. 그의 족속의 사촌 형제인 젊은 사냥꾼 그레다가 함께 농담을 나누었고 셸버는 가볍게 대답하며 웃었다. 엔드토어로 돌아가는 길은 며칠이 걸리는 것 같았다.

그는 너무나 기진맥진해서 음식을 들 수 없었다. 뜨뜻한 묽은 수프를 조금 마시고 '남자들의 불' 옆에 누웠다. 엔드토어는 마을이 아니라 큰 강 옆에 있는 야영지에 지나지 않았다. 유멘들이 오기 전까지, 한때 숲에 둘러싸여 있던 모든 도시가 좋아하던 낚시 장소였다. 거기에는 아무런 움막도 없었다. 검은 돌로 이루어진 두 개의 모닥불 피우는 원과 강 위로 풀숲 우거진 기다란 둑이 있어, 거기에 짐승 가죽과 땋아 늘인 골풀로 만든 천막들을 세울 수 있었다. 그것이 엔드토어였다. 멘엔드 강, 즉 소놀의 가장 큰 강은 엔드토어의 세계와 꿈 속에서 쉴 새 없이 이야기했다.

모닥불 옆에는 늙은 남자들이 많이 있었다. 몇몇은 그가 브로터와 툰타와 자신의 파괴된 도시인 에슈레스에서부터 알던 이들이고, 몇몇은 모르는 이들이었다. 그들이 꿈꾸는 큰사람들임을, 그들의 눈과 몸짓에서 보고 그들의 음성에서 들을 수 있었다. 아마도, 여태껏 가장 많은 꿈꾸는 이들이 한 곳에 모여 있는 것일 터였다. 셸버는 몸을 쭉 뻗은 채 누워서, 머리를 두 손에 올리고 모닥불을 응시하며 말했다.

"나는 유멘들이 미쳤다고 말했어요. 나도 미쳤을까요?"

"자네는 두 개의 시간을 구분하지 못하고 있어."

늙은이 튜밥이 모닥불에 관솔을 놓으며 말했다.

"자고 있든 깨어 있든 너무나 오랫동안 꿈을 꾸지 않았으니까. 그것에 대한 대가는 오랫동안 치러야 할 거야."

"유멘들이 섭취하는 독약들은 잠과 꿈 부족이 끼치는 영향과 거의 같은 영향을 끼쳐요."

헤벤이 말했다. 그는 센트럴과 스미스 기지 양쪽에서 노예로 있었다.

"유멘들은 꿈을 꾸기 위해서 스스로 독을 마셔요. 나는 그들이 독약을 마신 후 그들에게서 꿈꾸는 이의 표정을 보았어요. 그러나 그들은 꿈을 불러내지 못하고, 그것을 통제하지도 못하고, 이야기를 엮거나 구체적인 형상을 띠게도 못하고, 꿈꾸는 것을 멈추지도 못했어요. 그들은 쫓기고 압도당했습니다. 꿈속에 무엇이 있는지 전혀 몰랐어요. 여러 날 동안 꿈을 꾸지 않은 사람과 마찬가지로요. 비록 이 사람이 자신의 움막에서 가장 현명한 이이지만, 이후로 오랫동안 여전히 가끔은 여기저기서 정신이 나갈 겁니다. 꿈에 쫓기고, 노예가 될 거예요. 자기 자신을 이해하지 못할 거예요."

남소놀의 말씨를 지닌 아주 늙은 이가 셀버의 어깨에 손을 얹어 쓰다듬으며 말했다.

"친애하는 젊은 신이여, 자네는 노래해야 해, 그것이 도움이 될 걸세."

"못하겠어요. 저를 위해 노래해 주십시오."

늙은이는 노래했다. 다른 이들이 같이 노래했는데, 그들의 목소리는 높고 가냘프고 거의 음조가 없어, 마치 엔드토어의 강의 갈대밭에 부는 바람 같았다. 그들은 물푸레나무 족의 노래를 불렀다. 딸기가 붉어지기 시작하는 가을에 노랗게 물드는 섬세하게 갈라진 이파리들과, 첫 서리가 그 이파리들을 은빛으로 얼리는 어느 밤에 대한 노래였다.

셀버가 물푸레나무 족의 노래를 듣고 있는 동안, 류보프가 그 옆에 누웠다. 누워 있으니 그는 그렇게 괴물처럼 커 보이거나 큼지막한 팔다리를 지닌 것 같지 않았다. 그의 뒤에는 반쯤 무너지고 화마가 속을 집어삼킨 그 건물이 있었는데, 별들을 배경으로 컴컴했다.

"나는 자네와 같아."

류보프는 셀버를 보지 않고 진짜가 아님을 드러내는 꿈 같은 목소리로 말했다. 셸버의 가슴은 친구를 향한 슬픔 때문에 무거웠다.

"머리가 아프군."

류보프가 그 자신의 음성으로 말하며 늘 그러던 것처럼 뒷목을 문질렀고, 그 말에 셸버는 손을 뻗어 그를 만지고 위로하려고 했다. 그러나 그는 세계 시간 속의 환영이자 불빛일 뿐이었고, 늙은이들이 물푸레나무 족의 노래를 부르고 있었다. 봄철에 깊이 갈라진 이파리들 사이로 검은 가지 위에 핀 작고 하얀 꽃들에 관한 노래였다.

다음 날 수용소에 갇혀 있는 유멘들이 사람을 보내어 셸버를 찾았다. 그는 그날 오후 에슈센에 갔고, 수용소 바깥, 한 떡갈나무의 가지들 밑에서 그들을 만났다. 셸버의 사람들은 모두 아무것도 없는 트인 하늘 아래에서는 약간 불편함을 느끼기 때문이었다. 에슈센은 전에 떡갈나무 숲이었다. 이 떡갈나무는 식민지 주민들이 서 있도록 내버려 둔 몇 안 되는 나무들 중 가장 큰 나무였다. 그것은 류보프의 오두막 뒤편의 기다란 경사면에 서 있었다. 류보프의 집은 화재의 밤에 해를 입지 않고 살아남은 대여섯 채의 가옥들 중 하나였다. 그 떡갈나무 아래 셸버와 더불어 레스완, 베레의 최고 여인, 카다스트의 그레다, 그리고 그 협상에 자리하고 싶어 하는 다른 이들, 그렇게 해서 모두 여남은 명의 애스시 인들이 있었다. 유멘들이 무기를 숨겨 가지고 있을까 봐 우려하며 많은 궁수들이 파수를 보았지만, 그들은 덤불이나 타 버리고 남은 잔해물 뒤에 앉아 그 자리에 위협적인 기색이 두드러지지 않도록 했다. 고스 및 동 대령과 함께 장교라는 세 명의 유멘들과 벌채 기지에서 두 명이 왔는데, 그중 한 명인 벤턴의 모습에 이전 노예들은 깊이 숨을 들이켰다. 벤턴은 '게으른 크리치들'에게 여러 사람들 앞에서 거세당하는 처벌을 내리곤 했다.

대령은 야위어 보였고, 보통 때 황갈색이던 피부빛은 탁한 누런 잿빛이었다. 그가 아프다는 것은 거짓말이 아니었다.

"이제 첫 번째는……."

사람들이 모두 자리를 잡자 그가 말을 꺼냈다. 유멘들은 서 있었고, 셀버의 사람들은 축축하고 부드러운 떡갈나무 잎으로 이루어진 부식토에 웅크리거나 앉아 있었다.

"첫 번째는 너희들의 말이 무슨 뜻이며 그 말이 여기 내 통솔 아래 있는 부하들의 안전 보장과 관련하여 무엇을 뜻하는지 우선 정확히 그 실제적인 정의를 원한다는 것이다."

침묵이 감돌았다.

"너희들은 영어를 이해해, 그렇지 않나? 너희들 중 일부는?"

"이해한다. 하지만 당신의 논점은 이해하지 못하겠다, 동 선생."

"동 대령이라고 불러 달라!"

"그러면 당신도 나를 셀버 대령이라고 불러 줘야 할 텐데."

셀버의 목소리에 노래하는 음색이 끼어들었다. 그는 일어서서 그 겨루기에 준비했고, 그의 마음속에는 강물처럼 선율이 흘렀다.

그러나 늙은 유멘은 그저 거기에 커다랗고 무겁게 서 있을 뿐이었고, 화가 나 있었지만 도전에 응하지는 않았다.

"나는 너희들, 작은 휴머노이드들에게 모욕당하려고 여기에 온 게 아니다."

동 대령이 말했다. 그러나 그의 입술은 말하면서 부들거렸다. 그는 늙었고 당황해 있으며 굴욕감을 느끼고 있었다. 승리에 대한 기대가 모두 셀버에게서 사라져 버렸다. 세상에는 더 이상 아무런 승리도 없었다, 오로지 죽음뿐이었다. 그는 다시 앉아 체념한 듯 말했다.

"나는 모욕을 줄 생각이 아니었다, 동 대령. 당신의 문제를 다시 한 번 애기해 주겠나?"

"나는 너희들의 말을 듣고 싶고, 그런 후에 너희들이 우리의 이야기를 듣게 될 거다, 그뿐이다."

셀버는 고스에게 해 주었던 이야기를 되풀이했다.

동 대령은 눈에 띄게 안달하며 귀를 기울였다.

"좋아. 지금 너희들은 우리가 현재 사흘 동안 그 감옥 같은 수용소에서 순조롭게 기능하는 무선 통신기를 가지고 있었다는 것을 모르는군."

셀버는 그것을 알고 있었다. 헬리콥터가 떨어트린 물체가 혹시 무기일까 싶어 염려하며 레스완이 바로 확인했기 때문이다. 파수꾼들은 그것이 무선 통신기라고 보고했고, 그는 유멘들이 그것을 가지고 있도록 놔두었다. 셀버는 그저 고개만 끄덕였다.

"그래서 우리는 바깥에 있는 세 기지와 중단 없이 접촉을 해 왔지. 두 개는 킹 섬에 있고 하나는 뉴자바에 있다. 그러니 만일 우리가 이 수용소에서 탈출을 기도하여 도망치기로 결정했다면, 그러는 건 아주 쉬운 일이었을걸. 헬리콥터들이 우리에게 무기를 떨어트려 주고 탑재한 무기들로 우리의 움직임을 가려 주는 방법으로 말이야. 화염 방사기 하나만으로도 우리는 수용소를 탈출할 수 있고, 필요한 경우에는 그들에게 일대를 몽땅 날려버릴 폭탄들 또한 있으니까. 물론 너희들은 일을 저지르면서 그것도 모르고 있었겠지."

"당신들이 수용소를 떠났다면, 어디로 갔겠는가?"

"이런 논점에서 벗어난 이야기나 잘못된 원인들을 얘기할 것 없이, 요점은 이거다. 지금 너희 병력은 확실히 우리를 엄청나게 능가하지. 하지만 우리는 기지에 네 대의 헬리콥터를 가지고 있다. 너희들이 그것들을 무력화하려는 시도는 쓸데없는 짓일 거다. 현재 완전 군장한 경비병들이 항시 지키고 있으니까. 그리고 또한 우리에게는 그 모든 강력한 화력이 있다. 그러니 현재 상황의 냉정한 현실은 너희와 우리가 꽤 비길 만하고 상호 평등한 입장에서 이야기할 만하다는 거다. 이것은 물론 일시적인 상황이다. 필요하다면 우리는 전면전을 막기 위한 방어적인 군사 행동을 할 수 있다. 게다가 우리 뒤에는 하늘에서 너희 행성을 통째로 날려 버릴 수 있는 지구 성간 함대의 완벽한 화력이 있지. 하지만 이런 생각들을 너희들이 이해하기는 힘들 테니, 최대한 쉽고 간단하게 설명해 주겠다. 즉 현 시점에서, 동등한 기준에 의해, 우리는 너희와 협상할 준비가 되어 있다는 거다."

셸버의 인내심은 약했다. 자신의 성급함이 악화된 정신 상태를 내부인다는 것을 알았지만, 더 이상 그것을 제어할 수가 없었다.

"그럼, 계속 얘기해 보시지!"

"흠, 먼저 우리가 무선 통신기를 보유하자마자 다른 기지의 사람들에게 이렇게 얘기했음을 분명히 이해하기 바란다. 즉 우리는 그들더러 무기를 가져오지 말고, 어떤 공수 작전이나 구출 시도도 꾀하지 말며, 보복 행위는 엄격히 규칙 위반이라고……."

"현명한 판단이군. 다음은 뭔가?"

동 대령은 성이 나서 반박하려다가 말을 멈췄다. 그의 안색이 몹시 창백해졌다.

"앉을 게 아무것도 없나."

셸버는 유멘들의 무리를 돌아 경사지를 올라갔다. 그리고 비어 있는 방두 개짜리 오두막으로 들어가서 접이식 책상 의자를 집었다. 그 조용한 방을 나서기 전에 그는 홈집 있는 생나무 책상에 기대어 뺨을 대었다. 류보프는 언제나 거기에 앉아 셸버와 함께 또는 홀로 일했다. 그가 쓴 몇몇 서류들이 아직 거기에 놓여 있었다. 셸버는 살짝 그것들을 만져 보았다. 그는

135

의자를 가지고 나와 동 대령을 위해 비에 젖은 흙 속에 놓았다. 늙은이는 입술을 깨물며 앉았고, 그의 길게 째진 모양의 두 눈이 고통으로 가늘어졌다.

셀버가 말했다.

"고스 선생, 당신이 대령 대신 얘기할 수 있을 것 같은데. 그는 건강하지 않아."

"내가 얘기하겠다."

벤턴이 앞으로 나서며 말했지만, 동이 머리를 저으며 중얼거렸다.

"고스가 하게."

대령은 연설자보다는 청취자로 있는 편이 일이 좀 더 쉬웠다. 유멘들은 셀버의 조건을 받아들이려고 했다. 상호 평화 협정과 함께, 그들의 모든 전진 기지를 철수시키고 한 지역에서 살 것이다. 소놀 중부에 그들이 산림을 조성해 놓은 지역 말이다. 완만한 토지가 4400제곱킬로미터쯤 되고 물 공급이 충분했다. 그들은 숲에 들어가지 않겠다고 약속했다. 숲 사람들은 '베어진 땅'에 발을 들여놓지 않겠다고 약속했다.

네 척의 남아 있는 비행선은 약간의 논쟁을 불러일으켰다. 유멘들은 다른 섬들에서 소놀로 그들의 사람들을 데려오기 위해 그것들이 필요하다고 주장했다. 그 기계들은 네 사람만 실어 옮길 수 있고 각각의 여행에 몇 시간씩 걸리기 때문에, 셀버가 보기에는 걸어서 에슈센에 더 빨리 도착할 수 있을 듯했다. 그는 나룻배로 해협을 건너도록 도와주겠다고 제안했다. 그러나 유멘들은 절대 멀리까지 걷지 않는 듯했다. 그래서 셀버는 이렇게 말했다. 좋다, 당신들이 '공수 작업'이라고 부르는 것을 위해 호퍼들을 보유해도 괜찮다. 그러나 그 후에는 그것들을 파괴해야 한다. 그들은 거부했다. 성을 냈다. 그들은 그들의 몸뚱어리보다 기계를 더 보호했다. 셀버는 포기하면서 말했다. 호퍼들이 '베어진 땅' 위에서만 날아다니고 그 속에 있는 무기들을 파괴한다면 보유해도 좋다. 이 제안에 대해서 그들은 서로 다투며 논쟁했다. 그 사이에 셀버는 기다리며 가끔 자신의 주장을 되풀이했다. 이 점에서는 물러서려고 하지 않았기 때문이다.

마침내 늙은 대령이 노해서 부들부들 떨며 말했다.

"상관없단 말일세, 벤턴. 우리가 저 망할 놈의 무기들을 사용할 수 없다는 것을 모르겠나? 이 300만 명의 외계인들은 빌어먹을 모든 섬 위에 흩어져 있고, 모두 나무와 덤불로 위장하고 있어. 도시도 없고 중추적인 통신망도 없고 중앙집권화된 통제도 없네. 게릴라 타입의 조직은 폭탄으로 무력화할 수 없어, 그건 승명된 일이야. 사실 내가 태어났던 세계의 일부에서 20세기에 30년간 차례로 주요 강대국들을 격파하며 그것을 증명했지. 그리고 우리는 우주선이 올 때까지 우리의 우월함을 보여 줄 처지에 있지도 않아. 우리가 사냥과 방어를 위한 휴대 무기들을 소지하고 있을 수만 있다면, 허튼소리는 집어치우라고!"

그는 그들의 '노인'이었고, '남자 움막'에서 그랬을 것처럼 그의 의견이 결국엔 우세해졌다. 벤턴은 부루퉁해졌다. 고스는 협정이 깨어질 경우 벌어질 일에 대해서 이야기를 시작했지만, 셀버가 그의 말을 막았다.

"그것들은 가능성일 뿐이다, 우리는 아직 얘기를 끝내지 않았다. 당신들의 '큰 배'는 3년 있으면 돌아온다, 당신네 셈으로는 3년 반이지. 그때까지 당신들은 여기서 자유롭다. 당신들이 아주 힘들진 않을 거다. 센트럴빌에서는 내가 보관했으면 하는 류보프의 일부 작업들을 제외하곤 더 이상 어떤 것도 가져가지 않을 거다. 당신들은 나무를 자르고 지상을 이동하는 데 쓰는 도구들을 대부분 아직 가지고 있다. 더 많은 도구가 필요하다면, 펠델의 철광이 당신네 영역 안에 있다. 내가 보기엔 모든 것이 분명하군. 아직 알아야 할 것은 이것이다. 그 배가 오면, 그들이 당신들, 그리고 우리와 무엇을 하고자 하겠나?"

"우리는 모른다."

고스가 말했다. 동 대령이 부연 설명을 했다.

"너희가 앤서블 통신기를 바로 파괴해 버리지 않았다면, 우리는 이 문제들에 관해 어떤 현재 정보를 받고 있었을지도 모르지. 그리고 우리의 보고는 이 행성의 위상에 대한 최종적인 판단과 관련하여 내려질 결정들에 물론 영향을 미쳤을 것이고, 그 결정들은 프레스트노에서 우주선이 돌아오기 전에 이행되기 시작했을지도 모른다. 하지만 너희 자신의 이익에 관한 무지함으로 방자한 파괴를 일삼은 탓에 우리는 몇 백 킬로미터 너머에 연락할 무선 통신기 한 대조차 없다."

"앤서블이 뭔가?"

그 단어는 앞서서도 얘기 중에 튀어나온 적이 있었다. 셸버에게는 새로운 단어였다.

"동시 통신기다."

대령은 시무룩하게 답했다.

"일종의 무선 통신기지."

고스가 오만하게 말했다.

"그것은 우리가 우리의 고향 세계와 즉시 접촉하도록 해 준다."

"27년의 기다림 없이?"

고스는 셸버를 내려다보았다.

"그래. 네가 말한 대로. 너는 류보프에게서 굉장히 많은 것을 배웠군, 그렇지?"

"정말로 그렇지. 저놈은 류보프의 자그만 초록색 친구였지. 저놈은 알 만한 가치가 있는 모든 것들에다 가외로 약간 더 긁어모았소. 파괴 행위를 위해 치명적인 모든 지점들, 그리고 경비들이 서 있을 곳, 무기를 비축해 놓은 곳에 들어가는 방법 같은 것 말이오. 류보프와 저놈은 학살이 시작되던 바로 그 순간까지도 연락을 취하고 있었던 게 틀림없소."

벤턴이 말했다.

고스는 불편한 표정을 지어 보였다.

"라즈는 죽었네. 모두 지금 쟁점과 상관없는 얘기일세, 벤턴. 우리는 정해야……."

"벤턴, 자네는 어떤 점에서든 류보프 지휘관이 식민지에 대한 반역 행위라고 불릴 만한 행위에 관련되어 있다고 암시하려는 건가?"

동 대령은 눈을 부릅뜨고 두 손으로 배를 지그시 누르며 말했다.

"내 부관들 중에 첩자나 반역자는 없었어. 그들은 전적으로 우리가 지구를 뜨기 전에 골라 뽑은 이들이고 나는 내가 상대하는 사람들을 알아."

"나는 뭔가를 암시하려는 게 아닙니다, 대령님. 크리치들을 동요시킨 게 류보프였으며, 함선이 이곳에 있은 후로 명령들이 바뀌지 않았다면, 그 사건은 결코 일어나지 않았을 것이라고 분명하게 말씀드리는 겁니다."

고스와 동 대령이 동시에 떠들기 시작했다.

"당신들은 모두 깊이 병들었다."

셀버가 말하면서 일어나 몸을 털었다. 눅눅한 갈색 참나무 이파리들이 비단에 달라붙은 것처럼 그의 짧은 털에 붙어 있었기 때문이다.

"당신들을 크리치 우리에 가둬 두어야 한다는 게 유감스럽군, 그곳은 정신 상태를 위해 좋은 곳이 아니지. 다른 기지에서 온 당신네 사람들은 돌려보내기 바란다. 모두가 여기 있게 되고, 대형 무기들이 파괴되고, 우리 모두에 의해서 약속이 말해지면, 우리는 당신들만 남겨 두겠다. 수용소의 문들은 내가 오늘 이곳을 떠날 때 열릴 것이다. 더 해야 할 이야기가 있나?"

아무도 말이 없었다. 그들은 그를 내려다보았다. 일곱 명의 큰 인간들은 황갈색 또는 누런색의 털 없는 피부에 피륙으로 뒤덮여 있으며, 짙은 색 눈에 험악한 얼굴을 하고 있었다. 열두 명의 작은 인간들은 초록색이나 누르스름한 초록색 피부에 털로 뒤덮여 있고, 반(半)야행성 생물의 큰 눈과 꿈꾸는 듯한 얼굴을 지니고 있었다. 그 두 무리 사이에서, 연약하고 흙 진 모습의 통역자, 셀버가 그의 빈손에 그들 모두의 운명을 쥐고 있었다. 비가 그들 주변의 누런 흙에 조용히 내렸다.

"그럼 안녕히."

셀버가 인사하고 나서 그의 사람들을 이끌고 가 버렸다.

"저이들은 그렇게 멍청하지 않네요."

베레의 최고 여인이 셀버와 함께 엔드토어로 돌아가면서 말했다.

"그런 거인들은 틀림없이 아둔할 거라고 생각했는데, 그들은 당신이 신이라는 것을 알았어요. 나는 대화 끝에 그들의 얼굴에서 그것을 알았다오. 저 꽥꽥대는 소리에 당신은 어찌나 말을 잘하던지. 저들은 못생겼어요, 저이들의 아이들도 털이 없을 것 같나요?"

"그걸 우리는 결코 모를 거예요, 그랬으면 좋겠습니다."

"윽, 털 없는 아이를 기르는 생각을 해 봐요. 물고기를 기르는 것 같을 거유."

"저들은 모두 제정신이 아니야."

늙은이 튜밥이 말했다. 그의 표정은 매우 심란했다.

"류보프가 툰타에 오곤 했을 때 저렇지 않았는데. 그는 무지했지, 하지만 분별심이 있었어. 하지만 이자들, 그들은 서로 언쟁하고 늙은이를 경멸하고 서로를 미워해, 이처럼 말일세."

그는 잿빛 털로 뒤덮인 얼굴을 잡아 비틀어 지구인들의 표정을 흉내 내었다. 물론 그들의 말은 그가 따라 할 수 없었다.

"자네가 그들에게 한 말이 그거였나, 셀버? 그들이 미쳤다고 한 건가?"

"나는 그들이 병들었노라고 말해 주었습니다. 하지만, 그들은 패배하고 다치고 돌 우리에 갇혀 있었어요. 그리고 나면 누구라도 병들고 치료가 필요할 겁니다."

"누가 그들을 치료하겠어요. 그들의 여자들은 모두 죽었는걸. 정말 안됐네. 불쌍한 못생긴 것들······. 털 없는 커다란 거미들이라니까, 으으!"

베레의 최고 여인이 말했다.

"그들은 인간, 인간, 우리 같은 인간들이에요."

셀버가 말했다. 그의 목소리는 날카로웠고 칼처럼 날이 서 있었다.

"아아, 내 친애하는 신이여, 알고 있어요, 내 말은 그들이 거미처럼 생겼다는 뜻이었을 뿐이우."

나이 든 여인이 말하면서 그의 뺨을 쓰다듬었다.

"이것 좀 봐요, 여러분, 셀버는 이렇게 엔드토어와 에슈센을 왔다 갔다 하는 일 때문에 지쳐 있어요. 앉아서 좀 쉽시다."

"여기서는 아닙니다."

셀버가 말했다. 그들은 아직 '베어진 땅' 내, 그루터기들과 풀숲 우거진 경사지들 사이, 가리는 것 없이 드러난 하늘 아래 있었다.

"우리가 그 나무들 아래 이르면······."

그는 비틀거렸고 신이 아닌 이들은 그가 길을 따라 걷도록 도왔다.

7

데이비드슨은 무하메드 소령의 녹음기를 근사하게 써먹을 데를 찾아냈다. 누군가는 뉴타이티에서 일어난 사건들, 지구인 식민지가 겪은 고난의 역사에 대하여 기록해야 했다. 그러면 모(母) 행성인 지구에서 우주선들이 왔을 때, 그들은 얼마나 인간이 배신을 잘하고 겁이 많으며 어리석을 수 있는지, 또 그 모든 역경에 맞서 얼마나 용감할 수 있는지 알게 될 터였다. 잠깐의 자유 시간들(그가 지휘를 맡은 후로는 자유 시간이 잠깐잠깐 정도였다.) 동안, 그는 스미스 기지 학살의 전말을 기록했고, 센트럴 본부에서 온 소식을 통해 입수한 온갖 왜곡된 정신나간 허튼소리를 가지고 할 수 있는 한 뉴자바, 그리고 킹과 센트럴에 대한 기록을 갱신했다.

정확히 거기서 무슨 일이 벌어졌는지는 크리치들만 빼고 아무도 영영 모를 터였다. 인간들이 자신의 배신과 실수를 은폐하고 있기 때문이다. 그러나 대략적인 줄거리는 분명했다. 조직화된 크리치 일당이 셀버의 인도에 따라 무기고와 격납고에 침투했고, 다이너마이트와 수류탄, 총, 화염 방사기들을 마구 풀어놓아 완전히 그 도시를 파괴하고 인간들을 짐승처럼 죽인 것이다. 그것은 내부 범죄였다. 폭파된 첫 번째 장소가 사령부라는 사실이 그것을 증명했다. 류보프가 당연히 그와 관련 있었을 것이고, 그의 조그만 초록색 친구들은 예상대로 전혀 감사할 줄 모른다는 것을 증명하고 그와 다른 이들의 목을 땄다. 어쨌든 고스와 벤턴은 학살이 벌어지고 그 다음 날 그가 죽어 있는 것을 보았다고 주장했다. 그러나 실제로, 그들 중 누구라도 믿을 수 있을까? 그날 밤 이후로 센트럴에 살아남아 있는 어떤 인간도 어느 정도는 배신자라고 볼 수 있다. 그의 종족에 대한 배신자.

여자들은 모두 죽었노라고 그들은 주장했다. 그것은 상당히 나빴다. 그러나 더 나쁜 것은, 그 주장을 믿을 이유가 없다는 것이었다. 크리치들이 죄수들을 숲 속으로 데려가는 것은 쉬웠고, 불타오르는 도시에서 도망쳐 나오는 겁에 질린 여자들을 잡는 것보다 쉬운 일은 없을 터였다. 그리고 그 조그만 초록색 악마들이 인간 여자를 잡아 실험을 하고 싶어 하지 않겠는가? 얼마나 많은 여자들이 크리치 굴 속에 아직 살아 있을지 아무도 모르는 일이었다. 더럽고 털이 숭숭 난 조그만 원숭이 인간들이 땅 아래 악취 나는 구멍 속에 여자들을 포박한 채 만지고 더듬고 그 위를 기어 다니고 범하고 있을 거라니. 상상도 할 수 없는 일이었다. 그러나 꼭 가끔은 상상조차 할 수 없는 일에 대해 생각할 수 있어야 하는 법이다.

킹에서 간 호퍼 한 대가 학살이 벌어지고 그 다음 날 센트럴의 죄수들에게 송수신기 한 대를 투하했고, 무하메드는 하루를 시작하며 센트럴과 주고받는 모든 교신들을 테이프에 녹음해 놓았다. 가장 믿기지 않는 일은 그와 동 대령의 대화였다. 데이비드슨은 그것을 듣자마자 바로 릴에서 테이프를 떼어 내 불태워 버렸다. 지금은 그것을 보관했더라면 좋았을걸 하고 아쉬워했는데, 그 기록은 센트럴과 뉴자바 양쪽 지휘관의 총체적인 무능함에 대한 완벽한 증거였기 때문이다. 그는 자신의 피 끓는 성급함에 져서 그것을 파괴해 버린 것이다. 그러나 도저히 가만히 앉아 그 녹음테이프를 듣고 있을 수가 없었다. 대령과 소령은 크리치들에게 완전히 항복할 것을 의논하며, 보복을 시도하지 않고 스스로를 방어하지 않고 모든 대형 무기들을 포기하고, 크리치들이 골라 준 조그만 땅뙈기에 모두 함께 짜부라져 살기로 동의한 것이다. 그들의 관대한 정복자, 그 조그만 초록색 짐승들이 허용해 준 지역에서 말이다. 믿을 수가 없었다. 문자 그대로 믿기지가 않았다.

아마도 잔소리쟁이 노인네와 '늙은 소'는 의도적인 진짜 반역자는 아닐 것이다. 그들은 그저 정신이 나간 것이다, 겁을 집어먹은 것이다. 이 빌어먹을 행성이 그들에게 그런 짓을 했다. 그것에 저항하려면 아주 강인한 성품이 필요했다. 이 행성의 대기 속에는 뭔가가 있었다. 아마도 그 온갖 나무들에서 나오는 꽃가루인 듯한데, 그것이 일종의 마약 같은 작용을 하면서 평범한 인간들이 멍청해지도록, 현실에서 멀어지도록 만든 것이다. 크리치들이 그런 것처럼 말이다. 그리고 나니, 수적으로 압도적인 크리치들이 그들을 쓸어버리기는 쉬웠을 것이다.

무하메드를 제거해야 했던 것은 아주 유감스러웠다. 그러나 그는 결코 데이비드슨의 계획을 받아들이려고 하지 않았을 것이다, 그것은 분명했다. 그는 도가 지나쳤다. 그 믿을 수 없는 녹음테이프를 들은 사람이라면 누구라도 동의할 것이다. 그러니 그가 정말로 일이 어떻게 돌아가는지 알기 전에 총에 맞은 것이 나왔다. 이제 어떤 불명예도 그의 이름에 덧붙여지지 않을 터였다. 그 불명예가 동 대령과 센트럴에 살아남은 모든 장교들의 이름에는 덧붙여질 것이다.

동 대령은 최근에 무선 통신기에 나타나지 않았다. 보통은 공학부의 주주 세렝이었다. 데이비드슨은 전에 주주와 아주 친하게 지냈고 그를 친구라고 생각했었지만, 이제는 누구도 더 이상 신뢰하면 안 되었다. 그리고 주주는 또 한 명의 아시아계 사람이었다. 센트럴빌의 학살에서 그렇게 많은 아시아계 사람들이 살아남았다는 것은 정말 수상쩍었다. 그가 얘기했던 사람들 중에 아시아인이 아닌 사람은 고스뿐이었다. 여기 자바에서 재조직 후에 남아 있는 쉰다섯 명의 충성스러운 남자들은 대부분 자신과 같은 유럽계 아프리카인이었다. 일부는 아프리카인 및 아프리카계 아시아인이었고, 순수 아시아계는 없었다. 결국은 혈통이 말해 준다. 혈관 속에 '인류의 요람(아프리카를 일컬음 — 옮긴이)'에서 비롯한 약간의 피라도 흐르지 않는다면 완전히 인간이라고 할 수 없는 법이다. 그러나 그것 때문에 그가 센트럴의 저 가엾은 누런 피부의 녀석들을 버리지는 않을 것이다. 그것은 그저 정신적 중압감 아래서 그들이 도덕적으로 허약하다는 것을 설명해 줄 뿐이었다.

"돈, 자네가 우리에게 무슨 말썽을 일으키려고 하는지 모르겠나?"

주주 세렝은 특유의 단조로운 음성으로 다그쳤다.

"우리는 크리치들과 공식적인 휴전 협정을 맺었네. 그리고 우리는 그 힐프들과 대립하지 말고 복수하지도 말라는 지구로부터의 직접적인 명령을 받았네. 어쨌든 대체 우리가 어떻게 복수를 할 수 있단 말인가? 지금 킹 섬과 사우스 센트럴에서 온 사람들이 모두 여기 우리와 같이 있는데 그래도 2000명이 안 된다고. 그리고 거기 자바에 자네가 얼마쯤 데리고 있더라, 예순다섯 명쯤, 그렇지? 자네는 정말로 2000명의 사람들이 300만의 지적인 적들을 상대할 수 있다고 생각하나, 돈?"

"주주, 쉰 명의 사람도 그럴 수 있네. 그건 의지와 기술, 그리고 무기의 문제야."

"정신 나간 소리! 하지만 돈, 요점은 휴전 협정이 이루어졌다는 걸세. 그리고 그 협정이 깨진다면 우린 끝장이지. 현재, 우리가 침몰하지 않도록 해 주는 것은 협정뿐이라고. 아마 프레스트노에서 함선이 돌아와 무슨 일이 벌어졌는지를 살피면, 크리치들을 없애 버리겠다고 결정할 수도 있겠지. 우리는 모르네. 하지만 크리치들은 그 협정을 지킬 심산 같아, 결국 그건 그들의 생각이었으니까. 우리는 지켜야 하고. 그들은 순전히 숫자만으로 언제라도 우리를 쓸어버릴 수 있네, 그들이 센트럴빌에서 했던 식으로 말이야. 거기에 그들의 숫자는 수천 명이었어. 그걸 이해하지 못하겠나, 돈?"

"들어 보라고, 주주, 나는 확실히 이해하고 있네. 만일 그쪽이 아직 거기에 보유하고 있는 세 대의 호퍼들을 쓰기가 겁난다면, 이곳의 우리들처럼 사태를 바라보는 몇몇 친구들과 같이 여기로 보내도 되네. 내가 혼자 힘으로 그쪽 사람들을 해방시켜 주려면, 그 일을 위해 확실히 호퍼가 좀 더 필요해."

"자네는 우리를 해방시키려는 게 아니라 불태워 버리려는 걸세, 이 어리석은 사람아. 이제 그 마지막 호퍼를 타고 여기 센트럴로 건너오게나. 그게 대령이 지휘관 대리인 자네에게 보내는 개인적인 지시일세. 그 호퍼를 이용해서 자네 사람들을 여기로 보내라고. 열두 번의 여행, 네 번의 현지 낮 기간 이상 걸리지 않을 거야. 이제 그 명령들에 따라 행동하고 일을 시작하게나."

지지직, 통신이 끊겼다…… 더 이상 데이비드슨과 논쟁하는 것이 두려웠던 것이다.

마침내 그는 그들이 세 대의 호퍼를 보내어 실제로 뉴자바 기지를 폭파시키거나 폭격할지도 모른다고 걱정했다. 원칙적으로 말하자면 그는 명령에 불복종하고 있었고, 늙은 동 대령은 독자적인 구성 분자들에게 너그럽지 않았기 때문이다. 스미스 기지에서 사소한 보복 공격을 했다고 그가 데이비드슨에게 어떻게 앙갚음했는지 보라. 독자적인 결단은 처벌받았다. 잔소리쟁이 노인네는 대부분의 장교들처럼 복종을 좋아했다. 그것의 위험은 장교 자신을 복종적인 사람으로 만들 수 있다는 점이었다. 그러나 데이비드슨은 그 호퍼들이 아무 위협이 되지 않는다는 것을 실로 충격적으로 깨달았는데, 동, 세렝, 고스, 벤턴조차도 그것들을 보내기를 겁내고 있었기 때문이다. 크리치들이 그들에게 호퍼들을 '인간 거주 지역' 안쪽에만 두도록 명령했던 것이다. 그리고 그들은 명령에 따르고 있었다.

맙소사, 그 생각에 그는 속이 메스꺼웠다. 행동해야 할 때였다. 그들은 이제 거의 2주일을 기다려 왔다. 그는 그의 기지를 아주 잘 보호해 놓았다. 끝이 뾰족한 나무 울타리를 보강해서 세워 놓았기에 저 조그만 초록색 원숭이 인간 한 놈도 타넘지 못할 것이다. 그리고 영리한 녀석인 아비는 다량의 교묘한 수제 지뢰를 만들어 울타리에서 백 미터 반경 안에 박아 놓았다. 이제 크리치들에게 보여 줄 시간이었다. 그놈들이 센트럴에서는 저 겁쟁이들을 을러댔을지 몰라도 뉴자바에서 상대해야 하는 것은 사나이들임을 말이다. 그는 호퍼를 띄워서 열다섯 명으로 이루어진 보병대를 기지 남쪽의 크리치 굴로 인도했다. 그는 공중에서 그것들을 찾아내는 법을 이미 알고 있었다. 그것들의 위치를 알려주는 것은 바로 과수원이었다. 인간이 하듯 줄지어 심어 놓지는 않았지만, 특정 나무들이 모여 있는 형태였다. 일단 그것들을 찾아내는 법을 익히면 거기에는 믿기지 않을 만큼 크리치 굴이 많았다. 숲에는 그것들이 우글우글했다. 기습대가 직접 기지 남쪽의 굴에 불을 놓았고, 데이비드슨은 두 명의 부하들과 함께 호퍼를 타고 돌아가다가 기지에서 4킬로미터 못 되는 곳에 또 다른 굴을 찾아냈다. 그 위에, 단지 모두가 알기 쉽게 분명히 자신의 이름을 남기기 위해 폭탄을 투하했다. 소이탄으로 큰 폭탄은 아니었지만, 고 멋진 놈은 초록색 털들이 날아다니게 만들었다. 그 폭탄은 숲에 커다란 구덩이를 남겼고, 구덩이 가장자리는 불타올랐다.

물론 대량 보복 작전이 시작되었을 때 그의 진짜 무기는 그거였다. 숲에 불 지르기. 그는 호퍼에서 폭탄과 네이팜탄들을 떨어트림으로써 전체 섬들 중 하나를 불태워 버릴 수 있었다. 우기가 끝날 때까지 한두 달은 기다려야 했다. 킹이나 스미스 섬 또는 센트럴 섬을 태워 버려야 할까? 아마도 약간의 경고로서 킹 섬이 첫 번째가 될 것이다. 그 섬에는 인간들이 남아 있지 않기 때문이다. 만일 그에게 동조하지 않는다면, 그 다음은 센트럴이 될 것이다.

"무슨 짓을 하려는 건가?"

무선 통신기상에서 주주의 목소리가 말했다. 그 목소리에 그는 씩 웃었다. 부축을 받고 있는 노파처럼 몹시 괴로운 목소리였다.

"자네가 무슨 짓을 하고 있는지 아나, 데이비드슨?"

"물론."

"자네가 저 크리치들을 진압할 거라고 생각하나?"

이번엔 주주의 목소리가 아니었다. 고스 선생이거나, 아니면 그들 중 하나였다. 다를 바 없었다. 그들 모두 푸념을 늘어놓으며 낑낑대고 있었다.

"물론 그렇습니다."

"자네는 계속해서 마을들을 불태우면 저들, 저 300만의 크리치들이 자네에게 와서 굴복할 거라고 생각하는군. 그렇지?"

"그럴지도요."

얼마 있다가, 무선 통신기에서 말했다.

"보게, 데이비드슨."

지직대고 윙윙거리는 소리가 함께 들렸는데, 그들은 대형 송신기를 잃어 버린 탓에 일종의 비상 장치를 사용하고 있었기 때문이다. 송신기와 함께 저 엉터리 기계인 앤서블을 잃어버렸지만 그것은 전혀 손실이 아니었다.

"이보게, 거기에 우리가 얘기할 만한 다른 사람이 있나?"

"없습니다. 모두 아주 바쁘거든요. 자, 우리는 여기서 큰일을 하고 있지만, 알다시피, 후식 거리가 바닥났습니다. 과일 칵테일, 복숭아, 그런 것들 말입니다. 몇몇 동료들은 그걸 아주 아쉬워하고 있어요. 그리고 우리는 당신네들이 일격을 당했을 때 마리화나 한 짐을 받을 예정이었습니다. 내가 호퍼를 보내면, 사탕과자와 마리화나 몇 상자쯤 우리에게 나눠 줄 수 있습니까?"

침묵.

"그래, 보내게."

"좋습니다. 그 물건들을 망에다 넣어 두십쇼, 그러면 부하들이 땅에 착륙하지 않고 그걸 낚아챌 수 있을 테니."

데이비드슨은 씩 웃었다.

센트럴 쪽에서 약간 소란이 일더니 갑자기 동 노인네가 말했다. 그가 데이비드슨에게 얘기하는 것은 처음이었다. 윙윙대는 단파 송신기 위로 그의 목소리는 미약하고 숨이 찬 듯했다.

"들어 보게, 지휘관. 뉴자바에서 자네가 하는 행동들 때문에 내가 어떤 조치를 취하게 될지 자네가 충분히 인식하고 있는지 알고 싶네. 자네가 계속 명령을 무시할 것인지도. 나는 분별 있고 충성스러운 군인인 자네가 알아듣도록 얘기하고자 하네. 여기 센트럴에 있는 부하들의 안전을 확보하기 위해서 나는 이곳 원주민들에게 자네의 행동들에 아무 책임이 없노라 말할 수밖에 없는 입장에 놓일 걸세."

"맞습니다, 대령님."

"내가 분명히 이해시키려는 것은, 자네가 거기 자바 섬에서 협정을 위반하는 것을 막을 수 없음을 그들에게 얘기해야 하는 상황에 놓이리라는 거야. 거기에 있는 자네 부하들이 예순여섯 명이지, 정확한가? 음, 나는 그들이 우리와 함께 여기 센트럴에 탈 없이 안전하게 있으면서 섀클턴 호를 기다리고 식민지가 단결했으면 좋겠네. 자네는 자멸을 향해 나아가고 있는데, 나는 자네가 거기에 데리고 있는 사람들에 대해 책임이 있어."

"아니요, 당신에겐 없습니다, 대령님. 나에게 책임이 있죠. 대령님은 그냥 마음을 놓으시죠. 단지 여러분은 정글이 불타오르는 것을 보면, 짐을 꾸려 스트립 한가운데로 나와 계시면 됩니다. 저 크리치들과 같이 여러분을 불에 구워 버리고 싶진 않으니까요."

"자, 말 좀 들으라고, 데이비드슨. 자네에게 명령하겠네. 자네의 지휘권을 즉시 템바 대위에게 넘기고 나에게 보고하게."

저 멀리서 구슬프게 윙윙거리는 목소리가 말했고, 데이비드슨은 무선 통신기를 홱 꺼 버렸다. 신물이 났다. 그들은 모두 미쳤다. 현실로부터 완전히 물러나 아직까지 병정놀이를 하고 있는 것이다. 상황이 험악할 때 현실에 직면할 수 있는 사람들은 실제로 아주 적게 마련이다.

그가 예상했듯, 그 지방의 크리치들은 그가 굴을 습격하는 것에 대하여 전연 아무것도 하지 못했다. 그가 처음부터 알고 있듯, 그들을 통제하는 유일한 방법은 겁을 주고 절대 관대히 봐주지 않는 것뿐이었다. 그렇게 하면 그들은 누가 윗사람인지 알고 굴복한다. 30킬로미터 반경 내에 있는 많은 마을들은 이제 그가 이르기도 전에 크리치들이 떠나 황폐해진 듯했지만, 그는 계속해서 부하들을 내보내어 며칠마다 마을들을 불태웠다.

부하들은 다소 신경질적으로 바뀌어 가고 있었다. 충성스러운 생존자들

55명 중 48명이 벌목꾼이었기 때문에 그는 그들이 벌채를 계속하도록 했다. 그러나 그들은 지구에서 온 로봇 화물선이 내려와서 목재를 싣는 대신, 그저 가까이 접근한 채 궤도를 돌며 오지 않는 신호를 기다리고 있음을 알고 있었다. 별 목적도 없이 나무들을 벨 필요가 없었다. 그것은 힘든 작업이었기 때문이다. 차라리 불살라 버리는 편이 나을 터였다. 그는 조별로 부하들을 훈련시키며 불 놓는 기술을 발전시켰다. 여전히 비가 많이 와서 많은 일을 할 수 없었지만, 그들은 계속해서 정신을 분주하게 했다. 만일 다른 세 대의 호퍼를 확보하기만 하면, 정말로 치고 빠져나오는 것도 가능할 것이다. 그는 센트럴을 급습해서 호퍼들을 빼앗아 올까 궁리 중이었지만, 아직 이 생각은 가장 뛰어난 부하들인 에이아비와 템바에게도 말하지 않았다. 몇몇 부하들은 그들의 사령부를 무장 공격한다는 생각에 겁을 집어먹을 터였다. 그들은 계속해서 "우리가 다른 사람들과 함께 돌아갈 때"에 대해 이야기했다. 부하들은 '다른 사람들'이 그들을 포기했음을, 배신했음을, 저 크리치들에게 그들의 목숨을 팔아 넘겼음을 몰랐다. 그는 부하들에게 그 사실을 말해 주지 않았다. 그들은 그것을 받아들이지 못할 터였다.

어느 날 그와 에이아비, 템바, 그리고 또 한 명의 괜찮은 믿을 만한 부하가 호퍼를 타고 건너갈 것이다. 그러고는 세 사람이 기관총을 가지고 튀어나가 각자 한 대씩 호퍼를 차지하고 돌아오는 거다, 룰루랄라 돌아오는 거지. 그리고 네 대의 근사한 헬리콥터(egg-eater, 달걀 거품기. 속어로 헬리콥터를 가리키기도 한다. ─ 옮긴이)들을 가지고 달걀(egg)들을 깨부수는 거다. 달걀을 깨지 않고 오믈렛을 만들 수는 없는 법. 데이비드슨은 방갈로의 어둠 속에서 소리 내어 웃었다. 그는 조금만 더 그 계획을 속에 감춰 두기로 했다. 그것에 대해 생각하는 것은 아주 짜릿했기 때문이다.

2주일하고 며칠 더 지나 그들은 걸어 다닐 만한 거리 안에 있는 크리치

번식지들을 완전히 정리했고, 숲은 말끔해졌다. 이제 해로운 것들은 없었다. 나무들 위로 푹푹 뿜어 나오는 연기도 없었다. 풀숲 밖으로 튀어나와 땅바닥에 털썩 주저앉으며 두 눈을 질끈 감고 짓밟히기를 기다리는 것도 없었다. 초록색 땅꼬마 인간들은 없었다. 단지 어수선하게 흩어져 있는 나무들과 몇몇 불에 탄 곳들뿐이었다. 부하들은 정말로 상스럽고 비열해지고 있었다. 호퍼를 타고 가서 급습하는 일을 실행해야 할 때였다. 그는 어느 날 밤 에이아비와 템바, 포스트에게 그의 계획을 털어놓았다.

세 사람 모두 잠시 동안 아무 말이 없었다. 그러고 나서 에이아비가 입을 열었다.

"연료는 어쩌고요, 대장?"

"연료는 충분해."

"네 대의 호퍼를 위해서는 충분하지 않아요. 일주일도 못 갈걸요."

"자네 말은 이 호퍼에 한 달 치 연료밖에 안 남아 있다는 건가?"

에이아비는 고개를 끄덕였다.

"글쎄 그렇다면, 약간의 연료도 손에 넣지, 그래야 할 것 같군."

"어떻게요?"

"머리들을 좀 써 봐."

그들은 모두 멍청한 표정만 짓고 앉아 있었다. 그것에 그는 성질이 났다. 그들은 모든 것을 그에게 의지했다. 그는 타고난 지도자였지만, 스스로도 생각하는 자들이 좋았다.

"방법을 생각해 내라고. 그건 자네 분야잖나, 에이아비."

그렇게 말하고 나서 그는 담배를 피우러 나갔다. 기죽은 듯한 모두의 태도에 넌더리가 났다. 그들은 냉엄한 현실을 직시하지 못했다.

마리화나가 이제 얼마 남지 않았기에 며칠에 한 대씩도 피우지 못했다.

그것은 도움이 되지 않았다. 밤은 음산했고, 어둡고 습기 차고 뜨뜻하고 봄 같은 냄새가 났다. 응에네네가 스케이트 선수처럼, 아니 거의 레일 위의 로봇처럼 곁을 지나가고 있었다. 그는 미끄러지듯 천천히 돌아서더니, 문간의 침침한 빛을 받으며 방갈로 포치에 서 있는 데이비드슨을 빤히 바라보았다. 그는 전기톱 기사로서, 덩치 큰 작자였다.

"내 에너지원이 저 대형 발전기에 연결되어 있는데, 발전기를 끌 수가 없어요."

그가 데이비드슨을 응시하며 단조로운 어조로 말했다.

"막사로 돌아가 잠이나 자!"

데이비드슨은 아무도 거역하지 못할, 채찍을 휘두르는 듯한 목소리로 말했고, 잠시 후 응에네네는 묵직하면서도 우아한 모습으로 조심스럽게 조용히 가 버렸다. 너무 많은 부하들이 환각제를 점점 더 많이 사용하고 있었다. 환각제는 많았다. 그러나 그것은 일요일에 쉬는 벌목꾼들을 위한 것이지 적대적인 세계에 고립된 작은 식민지의 군인들을 위한 것이 아니었다. 그들은 마약에 취하거나 꿈을 꿀 새가 없었다. 그것을 못 하게 치워 버려야 할 것이다. 그러면 몇몇 녀석들은 정신적으로 타격을 입을지도 몰랐다. 글쎄, 타격을 입든 어쨌든 내버려 둬. 달걀을 깨트리지 않고 오믈렛을 만들 수는 없는 법이지. 그들을 센트럴로 돌려보내서 약간의 연료와 교환할 수 있을지도 몰랐다. 나에게 가스탱크 두 통이나 세 통을 달라. 그러면 나는 너희들에게 머릿수만 채우고 있는 부하들 두 명이나 세 명을 주겠다. 딱 너희들 타입의 충성스러운 군인들이자 훌륭한 벌목꾼들이지, 저 멀리 꿈나라로 좀 많이 가 버린…….

그는 씩 웃음을 지었다. 그리고 템바와 다른 부하들에게 이 생각을 얘기해 보려고 안으로 들어가려고 할 때, 목재 적치장 굴뚝에서 망을 보던 경비병이 소리쳤다.

"저들이 온다!"

그는 '흑인들과 로디지아인들'(남로디지아는 현재의 짐바브웨 공화국으로서 소수의 영국계 백인이 다수의 아프리카 흑인들을 지배하며 극심한 인종차별 정책을 펼쳤다. — 옮긴이) 연극을 하는 꼬맹이처럼 높은 목소리로 외마디 소리를 질렀다. 말뚝 울타리의 서쪽에서 다른 누군가 또한 소리치기 시작했다. 총이 발사되었다.

그리고 그들이 왔다. 맙소사, 그들이 왔다. 도무지 믿기지 않는 일이었다. 그들의 숫자는 수천 명이었다, 수천 명. 경비병이 소리를 지를 때까지는 아무 소리, 아무 소음조차 없었다. 그러고 나서 한 발의 총성. 그러고는 한 번의 폭발(지뢰가 터진 듯했다.), 그리고 또 한 번, 이어서 또 한 번. 그리고 하나하나 차례로 수많은 횃불들이 밝혀져 타오르며 던져져서 어둡고 습한 공기 사이를 로켓처럼 날아올랐다. 말뚝 울타리의 벽은 크리치들로 북적거렸다. 수많은 크리치들이 억수같이 쏟아져 들어와 밀어붙이며 우글거렸다. 그것은 데이비드슨이 어렸을 적, 그가 자란 오하이오 주 클리블랜드의 거리에서 마지막 '대기근' 때 보았던 쥐 떼 같았다. 당시에 뭔가가 그 쥐들을 쥐구멍에서 몰아냈고 그것들은 대낮의 햇빛 속에 모습을 드러내어 담벼락 위로 우글우글 기어올랐다. 마치 털과 눈과 작은 앞발들과 이빨이 있는 고동치는 담요 같았다. 그는 어머니에게 소리 지르며 미친 듯이 도망쳤다. 아니 그건 그저 그가 꼬마였을 때 꾼 꿈이었던가? 냉정을 유지하는 게 중요했다. 호퍼는 크리치 우리에 세워져 있었다. 그쪽은 아직 컴컴했고, 그는 바로 그곳으로 갔다. 문은 잠겨 있었는데, 그는 겁쟁이 하나가 어느 어두운 밤에 잔소리쟁이 노인네한테 날아갈 생각을 할까 봐 항상 잠가 두었다. 열쇠를 꺼내어 자물쇠에 넣고 옳게 돌리는 데 한참이 걸린 듯했지만, 그저 냉정을 유지하느라 그랬을 뿐이다. 그러고 나서 호퍼로 달려가 문을 여는 데에도 꽤 시간이 걸렸다. 이제 그의 옆에는 포스트와 에이아비도 있었다. 마침내 회전익이 크게 덜걱거리는 소리를 내며 달걀들을 휘젓듯 회전하면서 그 기이한 소음들을, 소리치고 새된 소리를 지르고 노래하는 고음의 목소리들을 뒤덮었다. 위로 상승하면서, 발아래가 멀찍이 물러났다. 발밑은 불타오르며 쥐 떼로 가득한 우리였다.

"신속하게 얼마만큼 다급한 상황인지 파악하려면 냉철한 두뇌가 필요하지. 자네들은 재빨리 생각하고 재빨리 행동했군. 잘했어. 템바는 어디 있나?"

"배에 창을 맞았어요."

포스트가 대답했다.

조종사인 에이아비가 호퍼를 몰고 싶어 하는 것 같아서 데이비드슨은 그렇게 해 주었다. 그는 뒷좌석으로 기어올라 깊숙이 기대어 앉으며 근육의 긴장을 풀었다. 숲이 그들 밑으로 흐르듯이 지나갔는데, 어둠 아래 어둠뿐이었다.

"어디로 향하고 있나, 에이아비?"

"센트럴로요."

"안 돼. 센트럴로는 가고 싶지 않아."

"어디로 가고 싶은데요?"

에이아비가 계집애같이 키득거리는 듯한 기색을 띠고 말했다.

"뉴욕이오? 베이징?"

"잠시 이 상태를 유지하면서 기지를 한 바퀴 돌아, 에이아비. 크게 돌라고. 호퍼 소리가 들리지 않게."

"대장. 지금쯤이면 자바 기지란 건 더 이상 존재하지 않아요."

포스트가 말했다. 벌목반의 십장으로서 땅딸막하고 차분한 사내였다.

"크리치들이 기지를 몽땅 태워 버린다면 우리는 가서 그놈들을 불태워 버릴 테다. 저기에 4000명 정도가 모두 한 자리에 있는 게 틀림없어. 이 헬리콥터의 뒤에는 여섯 개의 화염 방사기가 있다. 20분씩만 불을 쐬어 주자고. 소이탄으로 시작한 다음에 화염 방사기로 달아나는 놈들을 붙잡는 거야."

"맙소사. 우리 동료들이 거기 있을지 몰라요. 크리치들이 죄수로 데리고 있을지도 모른다고요. 나는 거기로 돌아가 인간일지도 모르는 존재들을 태워 버리지 않겠어요."

에이아비가 거칠게 말했다.

그는 호퍼의 방향을 돌리지 않았다.

데이비드슨은 총구를 에이아비의 뒤통수에다 들이대고 말했다.

"아니, 우리는 돌아갈 거다. 꼬맹아, 진정하고 말썽 좀 그만 부려."

"연료 탱크에는 우리를 센트럴로 데려다 줄 충분한 연료가 들어 있어요, 대장."

조종사가 말했다. 그는 총이 그를 귀찮게 하며 날아다니는 파리인 양, 그것을 피하려고 계속 머리를 움직거렸다.

"하지만 그뿐이에요. 우리가 가진 건 그게 다라고요."

"그러면 그걸 십분 활용하도록 하지. 방향을 돌려, 에이아비."

"대장, 센트럴로 가는 게 좋을 것 같은데요."

포스트가 특유의 굼뜬 목소리로 말했다. 그러자 이렇게 둘이 합심해서 반대하는 것에 너무나 격분하여, 데이비드슨은 총을 거꾸로 쥐어 들고 뱀처럼 잽싸게 휘둘러 개머리판으로 포스트의 귀 위쪽을 후려갈겼다. 그 벌목꾼은 크리스마스 엽서처럼 그냥 몸을 접어 버렸고 무릎 사이에 머리를 처박은 채 앞좌석에서 꼼짝하지 않았다. 두 손이 바닥 쪽으로 달랑거렸다.

"방향을 돌려, 에이아비."

데이비드슨이 채찍질하는 듯한 목소리로 말했다. 헬리콥터는 커다랗게 호를 그리며 돌았다.

"제길, 기지가 어디람. 나는 유도 신호도 없이 밤에 호퍼를 띄워 본 적이 없다고요."

에이아비가 감기에 걸린 것처럼 둔하게 코 막힌 소리로 말했다.

"동쪽으로 가서 불길을 찾아."

데이비드슨이 냉정하고 조용하게 말했다. 부하들 중 누구도 진짜로 끈기 있는 자는 없었다, 템바조치 그랬나. 그 누구도 상황이 진짜 험악해질 때 그에게 도움이 되지 않았다. 그들은 그처럼 상황을 견딜 수 없을 터이니, 조만간 모두가 합심해서 그에게 맞설 것이다. 나약한 자들은 강인한 자에게 맞서 음모를 꾸미게 마련이고, 강인한 자는 홀로 서서 스스로를 돌봐야 한다. 만사는 그저 그런 식이게 마련이었다. 기지가 어디 있더라?

빗속일지라도, 이렇게 완벽한 어둠 속에서는 불타오르는 건물들이 몇 킬로미터 밖에서도 보여야 했다. 그런데 아무것도 보이지 않았다. 흑회색 하늘, 검은 땅바닥뿐이었다. 불길은 모두 사그라진 게 분명했다. 누가 끈 것이다. 인간들이 크리치들을 몰아냈을까? 그가 탈출하고 나서? 그런 생각이 차가운 물보라처럼 마음속에 퍼졌다가 사라졌다. 아니다, 당연히 아니었다. 쉰 명이 수천 명에 맞서서 그럴 수는 없었다. 그러나 어쨌든, 지뢰밭 주변에는 폭발에 날아간 크리치들의 조각난 유해들이 무수하게 누워 있는 게 분명했다. 그놈들은 그렇게 빌어먹을 만큼 무수히 몰려들었던 것이다. 아무것도 그들을 멈춰 세울 수 없었다. 그는 그에 대비한 계획을 세우지 못했다. 그들이 어디서 왔을까? 여러 날 동안 주변 어느 숲 속에서도 크리치는 보이지 않았다. 그들은 어딘가에서, 사방에서 쏟아져 들어왔다. 숲을 따라 은밀하게 움직여 쥐새끼처럼 구멍에서 튀어나온 것이다. 그와 같은 수천 명의 크리치들을 막을 방법은 없었다. 대체 기지가 어디람? 에이아비는 속임수를 쓰고 있었다, 경로를 속이고 있는 것이다.

"기지를 찾아, 에이아비."

데이비드슨이 나직하게 말했다.

"제발, 애쓰고 있다고요."

에이아비가 말했다.

포스트는 조종사 옆에 몸을 굽힌 채 꼼짝하지 않았다.

"그냥 사라질 수는 없어, 없다고, 에이아비. 7분 내로 찾아내."

"그럼 직접 찾아보세요."

에이아비가 날카로운 음성으로 골내며 말했다.

"너랑 포스트가 협조할 때까지는 안 되지, 애송아. 호퍼를 좀 더 낮춰."

잠시 후에 에이아비가 말했다.

"저거 강 같은데요."

거기에 강 하나, 그리고 큰 개간지가 있었다. 하지만 자바 기지는 어디 있지? 그 개간지 너머 북쪽으로 날아가면서도 기지의 모습은 전혀 보이지 않았다.

"이게 분명히 그 기지인데. 저기에 다른 큰 개간지는 없어요."

에이아비가 말하면서 나무 없는 그 지역 위로 되돌아갔다. 착륙등이 눈부시게 빛났지만, 그 빛의 터널 바깥에는 아무것도 보이지 않았다. 착륙등을 끄는 게 나을 것이다. 데이비드슨은 조종사의 어깨 너머로 손을 뻗어 착륙등을 껐다. 아무것도 없는 습기 찬 어둠은 마치 그들의 눈 위에 털썩 놓인 검은색 수건 같았다.

"맙소사!"

에이아비가 비명을 질렀고, 재빨리 착륙등을 다시 켜서 호퍼를 왼쪽으로 급선회하여 높이려고 했지만 이미 늦었다. 밤의 어둠으로부터 거대하게 몸뚱어리를 내민 나무들이 비행체를 붙잡았다.

호퍼의 날개들이 새된 비명을 질렀고, 착륙등의 불빛이 만들어 내는 환한 빛의 통로들을 통해 커다란 회오리바람 속에 휘몰아치는 나뭇잎과 잔가지들이 보였지만, 나무의 큰 줄기들은 아주 나이가 많고 튼튼했다. 날개 달린 조그만 헬리콥터는 나무들 속에 처박혔고, 기울어지며 빠져나오려는 듯하다가 비스듬히 나무들 속에 침몰하고 말았다. 착륙등이 꺼졌다. 소음도 멈췄다.

"기분이 썩 좋지 않은데."

데이비드슨이 말했다. 다시 한 번 같은 소리를 했다. 그러고는 말을 멈췄다. 거기에는 그 말을 들어 줄 사람이 아무도 없었기 때문이다. 그러고 나서는 어쨌든 자기가 소리 내어 한 말이 아니라는 사실을 깨달았다. 어질어질한 느낌이 들었다. 머리를 맞은 게 틀림없었다. 에이아비는 거기에 없었다. 어디 있지? 이것은 그 호퍼였다. 사방이 뒤틀어졌지만, 그는 아직 자기 좌석에 있었다. 장님이라도 된 것처럼 너무나 컴컴했다. 그는 주위를 더듬거렸고, 그리하여 포스트를 찾아냈다. 그는 움직임 없이 여전히 몸을 접은 채, 앞좌석과 제어판 사이에 처박혀 있었다. 데이비드슨이 움직일 때마다 호퍼가 진동했고, 마침내 그는 이것이 지상에 있는 게 아니라 나무들 사이에 연처럼 꼼짝 없이 처박혀 있다는 것을 알았다. 머리가 나아지는 느낌이 들었고, 이 컴컴하고 기울어진 기체에서 점점 더 벗어나고 싶어졌다. 그는 꿈틀대며 조종사의 자리로 넘어가 두 손으로 매달린 채 발을 뻗었는데, 바닥은 느껴지지 않고 오로지 공중에서 대롱거리는 두 다리를 긁는 나뭇가지들뿐이었다. 마침내 그는 손을 놓았다. 얼마나 한참 떨어져야 할지도 몰랐지만 기체에서 빠져나와야 했다. 지면까지는 겨우 몇 십 센티미터였다. 이 때문에 머리가 충격을 받았지만 똑바로 서니 기분이 나아졌다. 그렇게 어둡지만 않다면, 그렇게 컴컴하지만 않다면 좋을 텐데. 그는 허리띠에 회중전등을 지니고 있었다. 밤이면 기지 주변에 늘 하나를 갖고 다녔던 것이다. 그런데 그것이 거기에 없었다. 이상했다. 떨어트린 게 틀림없다. 호퍼로 되돌아가 가져오는 게 좋을 터였다. 에이아비가 가져갔을지도 몰랐다. 에이아비가 일부러 호퍼를 부서뜨리고 데이비드슨의 회중전등을 가져가 탈출을 시도한 것이다. 조그만 말라깽이 녀석, 그도 나머지 모든 사람들과 마찬가지였다. 대기는 음울하고 습기로 가득했고, 온통 뿌리와 관목과 뒤얽힌 것들뿐이라서 어디에 발을 디디는지도 알 수 없었다. 사방에 소음이 넘쳐 났다. 물 떨어지는 소리, 바스락거리는 소리, 희미한 소음들, 어둠 속에서 자그마한 것들이 살금살금 돌아다니는 소리들이었다. 호퍼로 돌아가 회중전등을 가져오는 게 좋을 것이다. 그러나 어떻게 다시 기어 올라가야 할지 알 수 없었다. 기체 아랫부분의 끝머리가 손가락이 닿지 않는 위치에 있었다.

거기에 빛이 있었는데, 희미한 섬광이 보였다가 숲 속으로 사라져 버렸다. 에이아비가 회중전등을 가지고 정찰하러, 방향을 잡으러 간 것이다, 약삭빠른 녀석.

"에이아비!"

그가 날카롭지만 작은 목소리로 외쳐 불렀다. 나무들 사이에서 다시 그 빛을 찾으려고 애쓰는데 뭔가 이상한 게 밟혔다. 장홧발로 쳐내고 나서 한 손을 그것에 대 보았다. 보이지 않는 것을 만지는 것은 현명한 행동이 아니었기에 조심스러웠다. 그것은 몹시 젖은 물체로서 미끌미끌하고 죽은 쥐

같았다. 그는 재빨리 손을 거두었다. 그리고 잠시 후에 다른 부분을 만져 보았다. 손아래 있는 것은 장화 한 짝이었다. 엇갈려 묶은 장화 끈을 느낄 수 있었다. 그의 발밑에 바로 누워 있는 것은 에이아비가 틀림없었다. 호퍼가 추락할 때 바깥으로 내동댕이쳐진 것이다. 글쎄, 배신자 같은 속임수를 써서 센트럴로 도망치려고 했으니 죽어 마땅했다. 데이비드슨은 보이지 않는 옷가지와 머리카락의 젖은 느낌이 싫었다. 그는 똑바로 일어섰다. 그 빛이 다시 보였다. 그것은 멀거나 가까운 나무줄기들 때문에 검은 줄무늬가 진 먼 곳의 백열광으로서 움직이고 있었다.

데이비드슨은 권총집에 손을 올렸다. 권총은 그 속에 없었다.

그는 포스트나 에이아비가 애먹일 경우를 대비해 총을 들고 있었다. 그 것이 시슴 그의 손에 없었다. 회중전등과 같이 저 헬리콥터 안에 있는 게 분명했다.

그는 꼼짝하지 않고 웅크린 채로 서 있었다. 그러고 나서 냅다 뛰기 시작했다. 자신이 어디로 가고 있는지도 보이지 않았다. 좌우에서 갑자기 나타난 나무줄기들에 부닥쳤고 나무뿌리에 발이 걸려 넘어졌다. 그는 네 활개를 쫙 편 채, 덤불 속에 큰 소리를 내며 쓰러졌다. 두 손 두 발로 일어나 숨으려고 했다. 나뭇잎이 없는 젖은 잔가지들이 얼굴에 끌리며 생채기를 냈다. 그는 좀 더 멀리 덤불숲 속으로 몸부림치며 나아갔다. 머릿속은 죽은 잎사귀, 부패한 물질, 새싹, 이끼, 꽃, 다시 말해 부패와 생장이 뒤얽힌 냄새들, 그리고 밤과 봄과 비의 냄새에 완전히 점령당해 있었다. 불빛이 정통으로 위에서 빛났다. 그는 크리치들을 보았다.

그는 구석에 몰렸을 때 그들이 어떻게 행동하는지, 그리고 류보프가 그것에 대해서 뭐라고 말했는지 기억해 냈다. 그는 몸을 뒤집어 바닥에 등을 대고 머리를 뒤로 기울인 자세로 누워 눈을 감았다. 심장이 속에서 불안하게 뛰어 댔다.

아무 일도 일어나지 않았다.

눈을 뜨기가 힘들었지만 마침내 간신히 떴다. 그들은 그저 거기에 서 있을 뿐이었다. 열 명인가 열두 명, 많은 수였다. 그들은 사냥할 때 쓰는 창을 들고 있었다. 작은 장난감처럼 생긴 물건이지만 쇠날이 날카로워, 그 창으로 배를 갈라 버릴 수도 있었다. 그는 눈을 딱 감고 그냥 누워 있기만 했다.

그리고 아무 일도 일어나지 않았다.

가슴이 조용히 진정되었고, 생각하기가 좀 더 수월해진 것 같았다. 뭔가가 마음속에서 끓어올랐다. 거의 웃음 같은 무엇이. 결코 그들은 그를 해치울 수 없었다! 부하들이 자신을 배신하고, 인간의 지혜가 더 이상 그를 위해 해 줄 게 없자, 그는 그들에게 맞서 그들의 수단을 써먹었다. 즉 이렇게 죽은 흉내를 내고, 이렇게 본능적인 반사 작용을 한 것이었다. 그들은 그런 자세를 취한 사람은 누구라도 죽일 수 없었다. 그들은 그저 그를 둘러서서 서로 투덜거리기만 했다. 그들은 그를 해칠 수 없었다. 마치 그가 신이 된 것 같았다.

"데이비드슨."

그는 다시 눈을 떠야 했다. 한 크리치 녀석이 들고 있는 송진 횃불이 여전히 타올랐지만 약해져 있었고, 숲은 이제 칠흑같이 어둡지 않고 침침한 잿빛이었다. 어떻게 그리 되었을까? 겨우 5분이나 10분이 지났을 뿐이다. 사물을 알아보기가 여전히 어려웠지만 이제 밤은 아니었다. 그는 이파리와 나뭇가지들, 숲을 알아볼 수 있었다. 그를 내려다보고 있는 얼굴을 알아볼 수 있었다. 이 단조로운 새벽 어스름 속에 그 얼굴엔 아무런 빛깔이 없었다. 흉터 진 이목구비는 인간의 것 같았다. 두 눈은 어두운 구멍들 같았다.

"일어서게 해 줘."

데이비드슨이 갑자기 목쉰 소리로 크게 말했다. 젖은 땅에 누워 있으려니 냉기 때문에 몸이 부들부들 떨렸다. 셀버가 내려다보는데 누워 있을 수는 없었다.

셀버는 빈손이었지만, 그를 둘러싼 많은 수의 조그만 악당들은 창뿐 아니라 권총도 지니고 있었다. 그가 기지에 비축해 놓은 자재들에서 훔친 것이다. 그는 애써 일어섰다. 어깨와 다리 뒤쪽에 들러붙은 옷이 얼음처럼 차가웠고 떨리는 것을 멈출 수 없었다.

"끝내 버리라고! 빨리!"

그가 말했다.

셀버는 그저 그를 쳐다보기만 했다. 적어도 이제 그는 데이비드슨과 눈을 마주하려면 한참 높이 올려다보아야 했다.

"내가 지금 당신을 죽이길 바라나?"

셀버가 질문했다. 그는 물론 류보프에게서 대화법을 배웠다. 그래서 자신의 목소리일지라도, 류보프가 말하는 것이라고 할 수도 있었다. 그것은 묘했다.

"내가 선택할 일이군, 그렇지?"

"글쎄, 당신이 밤새도록 길에 누워 있었던 건 우리가 살려 주길 바랐다는 뜻이지. 이제 당신은 죽고 싶은가?"

머리와 뱃속의 통증, 그리고 그를 손아귀에 넣고 류보프처럼 말하는 이 끔찍하고 조그만 괴물에 대한 증오, 이 두 가지가 결합되어 속을 뒤집어 놓아서 데이비드슨은 구역질을 했고 토할 뻔했다. 냉기와 욕지기 때문에 부들부들 떨렸다. 그러나 끝까지 용기를 잃지 않고자 애썼다. 그는 돌연 앞으로 한 발짝 나서서 셀버의 얼굴에 침을 뱉었다.

잠시 아무런 움직임도 없었다. 그리고 나서 셀버가 춤추는 듯한 동작으로 자기도 데이비드슨의 얼굴에 침을 뱉었다. 그리고 웃음을 터뜨렸다. 그러고는 그를 죽이고자 하는 아무런 움직임도 없었다. 데이비드슨은 입술의 차가운 침을 쓱 닦아냈다.

"들어라, 데이비드슨 지휘관."

셀버가 데이비드슨을 어지럽고 구역질나게 만드는 그 차분하고 작은 목소리로 말했다.

"당신과 나, 우리는 둘 다 신이다. 당신은 미친 신이고, 내가 제정신인지 아닌지는 확실히 모르겠다. 하지만 우리는 신이다. 지금 우리 사이에 이와 같은 만남은 숲에서 다시는 없을 것이다. 우리는 서로에게 신들이 가져다주는 특별한 능력을 불러일으켰다. 당신은 나에게 동족을 죽이는 일, 살인이라는 능력을 주었다. 이제 내가 할 수 있는 만큼 당신에게 내 민족의 능력, 그러니까 죽이지 않는 능력을 주겠다. 우리는 저마다 서로의 능력이 지고 가기에 벅차다는 것을 발견할 것 같군. 하지만 당신은 그것을 홀로 지고 가야 한다. 에슈센에 있는 당신네 사람들은 내가 그곳으로 당신을 데려가면 심판하여 죽일 거라고 말해 주더군, 그렇게 하는 것이 그들의 법이라고. 나는 당신에게 생명을 주고 싶기에, 당신을 다른 죄수들과 같이 에슈센에 데려갈 수 없다. 그리고 당신이 숲에서 돌아다니도록 놔둘 수도 없다, 당신은 너무 많은 해를 입히니까. 그래서 당신은 우리 중 누가 미쳤을 때 그를 대하듯 다뤄질 것이다. 당신은 이제 아무도 살지 않는 렌들렙으로 보내져, 거기에 남을 것이다."

데이비드슨은 그 크리치를 빤히 응시했다. 그것에게서 눈을 뗄 수가 없었다. 마치 그것에게 그를 최면에 빠트리는 힘이 있는 것 같았다. 하지만 아무도 그를 해칠 수는 없었다.

"나한테 덤벼들던 날, 네놈의 목을 바로 부러뜨렸어야 했는데."

데이비드슨이 말했다. 그의 목소리는 여전히 쉰 듯하고 탁했다.

셀버가 대답했다.

"그게 제일 좋았겠지. 하지만 류보프가 당신을 막았다. 지금 내가 당신을 죽이지 못하게 막는 것처럼. ……모든 죽임은 이제 끝났다. 숲을 베어 내는 일도. 렌들렙엔 베어 낼 나무들이 없다. 당신들이 '덤프 섬'이라고 부르는 곳이지. 당신네 사람들은 거기에 아무런 나무들도 남겨 두지 않았으니, 당신이 배를 만들어 거기서 타고 나오는 일은 불가능할 것이다. 거기엔 이제 자라는 것이 별로 없으니, 우리가 식량과 땔감을 가져다주어야겠지. 렌들렙에는 죽일 것이 아무것도 없다. 나무도 없고 사람도 없다. 과거에는 나무와 사람 들이 있었지. 하지만 지금 거기에는 그들이 꿈만 있다. 내가 보기에 당신이 일기에 알맞은 장소 같다, 당신은 살아야 하니까. 당신이 거기서 꿈꾸는 법을 배울지도 모르지. 하지만 그보다는 당신의 광기를 따라가, 마침내는 그것의 완벽한 궁극에 이를 것 같군."

"당장 나를 죽이고 그만 고소해하지그래."

"당신을 죽이라고?"

셀버가 말했다. 데이비드슨을 올려다보는 그의 눈은 숲의 여명 속에서 빛나는 듯했다, 아주 맑고 무시무시하게.

"나는 당신을 죽일 수 없다, 데이비드슨. 당신은 신이다. 그것은 당신 스스로 해야 한다."

그는 돌아서서 가볍고 신속하게 걸어가 버렸다. 몇 발자국 안 가서 그의 모습은 회색빛 나무들 사이로 사라져 버렸다.

올가미가 데이비드슨의 머리에 잽싸게 씌워져 목 부분에서 조금 딴딴하게 죄어들었다. 작은 창들이 그의 뒤와 양 옆에서 다가들었다. 그들은 그를 해치려 하지 않았다. 그는 도망칠 수 있었다. 거기서 탈출할 수 있고, 그들은 감히 그를 죽일 수 없었다. 그러나 그 칼날들은 광이 났고, 끝이 뾰족한 데다 면도날처럼 날카로웠다. 올가미가 조심스럽게 그의 목을 끌어당겼다. 그는 그들이 이끄는 대로 따라갔다.

8

셀버는 오랫동안 류보프를 보지 못했다. 그 꿈은 그와 같이 리시웰까지 갔었다. 그가 마지막으로 데이비드슨과 이야기할 때 그것은 함께 있었다. 그러고 나서 사라져 버렸다. 지금 브로터의 마을에서 살고 있는 셀버에게 한 번도 나타나지 않은 것을 보니, 아마도 그 꿈은 지금 에슈센에 있는 죽은 류보프의 무덤 속에서 자고 있을 것이다.

그러나 큰 배가 돌아왔을 때, 그는 에슈센으로 갔고, 거기서 류보프를 만났다. 류보프는 말이 없고 가냘팠으며 아주 우울했다. 그래서 그 해묵은 애태우는 슬픔이 셀버의 마음속에서 일깨워졌다.

류보프는 마음속에 하나의 그림자로서 그와 같이 머물렀다. 그가 우주선에서 온 유멘들을 만날 때도 그랬다. 그들은 힘을 지닌 사람들이었다. 그의 친구를 제외하고는 그가 알아 왔던 모든 유멘들과 아주 달랐다. 그러나 그들은 류보프보다 훨씬 강인했다.

그의 유멘 언어는 녹슬어서 처음엔 대부분 그들이 이야기하도록 내버려 두었다. 이들이 어떤 사람들인지 꽤 확신이 서자, 그는 브로터에서 가져온 무거운 상자를 앞으로 내밀었다.

"이 속에 류보프의 작업이 들어 있습니다."

그는 맞는 단어들을 더듬어 찾으며 말했다.

"그는 다른 사람들보다 우리에 대해 더 많은 것을 알고 있었습니다. 그는 나의 언어와 '남자 말'을 배웠습니다. 우리는 그 모든 것을 기록했어요. 그는 우리가 어떻게 살아가고 꿈꾸는가 다소나마 이해했습니다. 다른 사람들은 그러지 못했지요. 여러분이 이 작업을 그가 원했던 곳으로 가져가겠다면, 여러분에게 이것을 드리겠습니다."

키가 크고 하얀 피부의 사람인 레페논은 기쁜 표정으로 셀버에게 감사를 표했다. 그 보고서들은 실로 류보프가 바라던 곳으로 가게 될 것이며 매우 중요하게 여겨질 것이라고 말해 주었다. 셀버는 그 말에 만족했다. 그러나 친구의 이름을 소리 내어 말하는 것은 고통스러웠는데, 마음속에 있는 류보프의 얼굴을 돌아보니 그 얼굴이 여전히 몹시 슬퍼 보였기 때문이다. 그는 유멘들에게서 조금 물러나 그들을 지켜보았다. 동 대령과 고스, 그리고 에슈센에 있던 다른 유멘들이 우주선에서 온 다섯 명의 유멘들과 함께 서 있었다. 새로 온 사람들은 말끔해 보이고 갓 벼린 쇠처럼 광이 났다. 이곳에 있던 사람들은 얼굴에 털이 자라도록 놔두어서 조금은 덩치 크고 검은 털이 난 애스시 인처럼 보였다. 여전히 옷을 입고 있기는 했지만 그 옷들은 낡았고, 청결하지도 않았다. '에슈센의 밤' 이후로 앓아 왔던 그 '노인'을 제외하고 마른 이는 없었다. 그러나 모두 약간 길을 잃거나 미친 사람처럼 보였다.

이 회담은 숲 가장자리에서 있었다. 그 지역은 암묵적인 동의에 의해 숲 사람들이나 유멘들 어느 쪽도 지난 세월 동안 주거지를 형성하거나 기지를 세우지 않은 곳이었다. 셀버와 그의 동료들은 숲에서 처마처럼 튀어나와 서 있는 커다란 물푸레나무의 그늘 아래 자리 잡고 있었다. 그 나무의 과실들은 아직까지 잔가지에 작은 초록색 옹이처럼 보일 뿐이지만, 이파리들은 길고 부드럽고 낭창낭창하며 여름철의 초록빛을 띠고 있었다. 이 거대한 나무 아래 햇빛은 온화하고, 그늘과 뒤섞여 있었다.

유멘들은 상의를 하며 왔다 갔다 하다가, 마침내 한 명이 물푸레나무 쪽으로 건너왔다. 우주선에서 온 다부진 이, 사령관이었다. 그는 셀버 근처에 쭈그리고 앉았다. 허락을 구하지는 않았지만 무례히 행하려는 의도는 전혀 없어 보였다. 그가 말했다.

"조금 이야기를 나눌 수 있겠소?"

"물론입니다."

"우리가 모든 지구인들을 데리고 떠나리라는 것을 알지요. 우리는 그들을 실어 가기 위해서 두 번째 우주선을 끌고 왔소. 당신네 세계는 더 이상 식민지로 이용되지 않을 거요."

"그것이 내가 브로터에서 들은 얘기였지요. 사흘 전 당신들이 왔을 때 말입니다."

"이것이 영구적인 협정임을 당신이 이해하는지 확실히 하고 싶어서 그렇소. 우리는 돌아오지 않을 거요. 당신네 세계는 반(Ban) 연맹 아래 배속되어 있소. 당신네 말로 그것은 이런 뜻이지요. 이 연맹이 지속되는 한, 아무도 나무를 베어 내거나 당신네 땅을 빼앗으러 여기에 오지 않으리라는 것을 당신에게 약속할 수 있다는 거요."

"당신네 그 누구도 다시는 돌아오지 않을 거라고요."

셀버가 진술인지 질문인지 모호하게 말했다.

"5세대 동안은 그렇소. 아무도. 그리고 난 후 아마도 소수의 사람들, 그러니까 열 명이나 열두 명쯤, 열두 명은 넘지 않을 텐데, 그들이 와서 당신네 사람들과 이야기하고 당신네 세계를 연구할 거요. 여기에 몇몇 사람들이 하던 것처럼 말이오."

"과학자들, 전문가들요."

셸버가 말했다. 그는 곰곰이 생각했다.

"당신네 사람들은 한꺼번에 문제들을 해결하는군요."

셸버가 또다시 진술 같기도 하고 질문 같기도 한 말을 했다.

"무슨 뜻이지요?"

사령관이 신중한 표정을 지었다.

"흠, 당신네 그 누구도 애스시의 나무들을 베지 않을 거라면서요. 그리고 당신네 모두가 그만 올 거라고요. 그런데 당신들은 많은 곳에서 살고 있습니다. 지금 만약 카라치의 최고 여인이 무슨 명령을 내린다면, 옆 마을의 사람들이 그 명을 따르지는 못해요, 확실히 세상의 모든 사람들이 한꺼번에……."

"그렇죠, 그건 여러분에게 모두를 지배하는 단일한 정부가 없기 때문이오. 하지만 우리에겐 있어요, 현재…… 그리고 그 정부의 명령들은 확실히 지켜지고 있소. 우리 모두에 의해서 동시에 말이죠. 그런데 실은, 우리가 이곳의 식민지 주민들에게 들은 바로는 셸버, *당신이* 명령을 내렸을 때, 여기 모든 섬의 모든 사람이 동시에 그 명령을 따른 것 같더군요. 어떻게 그 일을 해냈습니까?"

"그때에 나는 신이었습니다."

셸버가 무표정하게 말했다.

사령관이 떠난 후에, 키가 큰 하얀 피부의 사람이 어슬렁어슬렁 다가와 그 나무 그늘에 앉아도 괜찮겠느냐고 물었다. 이자는 기지가 있고 아주 영리했다. 셸버는 그와 같이 있는 게 편치 않았다. 류보프처럼 이자도 상냥할 터였다. 그는 이해할 것이다, 그러면서도 자기 자신은 철저하게 이해 너머에 존재할 것이다. 그들의 최상의 친절함은 도달할 수 없을 만큼, 최고의 잔인함만큼 먼 것이었다. 그의 마음속에 류보프의 모습이 고통스럽게 남아 있는 이유가 그 때문이었다. 반면에 그가 죽은 아내인 델르를 보고 만진 꿈들은 소중하고 평화로움이 가득했다.

레페논이 말했다.

"전에 여기 있을 때, 나는 이 남자, 라즈 류보프를 만났습니다. 그와 얘기할 기회는 아주 적었지만, 나는 그가 한 말을 기억하고 있어요. 그리고 그 후로 당신네 사람들에 관한 그의 연구 논문들을 몇 편 읽을 시간이 있었습니다. 당신이 말한 대로, 그의 작업을 말입니다. 애스시가 이제 지구인의 식민지에서 벗어난 것은 대부분 그 작업 덕분입니다. 내 생각엔, 이러한 자유가 류보프의 삶의 목표가 되었던 것 같군요. 그의 친구로서, 당신은 그의 죽음이 그가 목표에 이르는 것을, 그의 여행을 끝내는 것을 막지 못했음을 보게 될 겁니다."

셸버는 꼼짝하지 않고 앉아 있었다. 마음속에서 불편함이 두려움으로 바뀌었다. 이자가 꿈꾸는 큰사람처럼 말했기 때문이다.

그는 아무런 대답도 하지 않았다.

"셸버, 이 질문이 불쾌하지 않다면 한 가지만 얘기해 주겠습니까? 더 이상의 질문은 없을 겁니다…… 살인이 벌어졌었죠. 스미스 기지에서, 다음으로 이곳, 에슈셴에서, 그 다음 마지막으로는 데이비드슨이 반역자들을 이끌던 자바 기지에서. 그것이 다였습니다. 그때 이후로 더 이상은 살인이 벌어지지 않았어요…… 그게 사실인가요? 더 이상의 살인은 없었습니까?"

"나는 데이비드슨을 죽이지 않았어요."

"그건 중요하지 않습니다."

레페논이 셀버의 말을 오해하고서 말했다. 셀버의 말은 데이비드슨이 죽지 않았다는 뜻이었지만, 레페논은 다른 이가 데이비드슨을 죽였다는 뜻으로 받아들였다. 이 유멘이 실수하는 것을 보니 마음이 놓였고, 셀버는 그의 말을 바로잡지 않았다.

"그러면 더 이상의 살인은 없었습니까?"

"없었어요. 저들이 말해 줄 거예요."

셀버가 대령과 고스 쪽으로 고갯짓을 하며 말했다.

"내 말은 당신네 사람들 속에서 없었냐는 뜻입니다. 애스시 인이 애스시 인을 죽이는 일 말이오."

셀버는 말이 없었다.

그는 레페논을, 물푸레나무 족의 신령의 가면처럼 하얀 낯선 얼굴을 올려다보았다. 그 얼굴이 셀버의 시선과 마주치며 바뀌었다.

셀버가 입을 열었다.

"때때로 한 신이 옵니다. 그는 어떤 일, 아니 행해져야 할 새로운 일을 행하기 위한 새로운 방식을 제시합니다. 새로운 방식의 노래하기나 새로운 방식의 죽음을요. 그는 꿈 시간과 세계 시간 사이의 다리를 가로질러 이 방식을 제시해요. 그가 그 일을 끝마치면, 일은 이루어진 겁니다. 당신은 세상에 존재하는 것들을 꿈속으로 가져갈 수 없어요. 그것들을 꿈속으로 쫓아내어 담장과 거짓들로 그 속에 가두어 둘 수 없다고요. 그건 미친 짓이에요. 존재하는 건, 존재하는 거예요. 이제, 우리가 서로 죽이는 법을 모르는 척해 봐야 소용 없죠."

레페논은 기다란 손을 셀버의 손 위에 놓았다. 아주 재빠르고도 상냥한 태도라서 셀버는 낯선 이의 손이 아닌 것처럼 그 손의 느낌을 받아들였다.

물푸레나무 이파리들이 만드는 초록빛 황금색 그림자들이 그들 위에서 깜박거렸다.

"하지만 서로를 죽이는 데 합당한 이유가 있는 척해서는 안 됩니다. 살인에는 합당한 이유가 없어요."

레페논은 류보프처럼 근심에 싸이고 우울한 얼굴로 말을 이었다.

"우리는 갈 겁니다. 이틀 내로 가 버릴 거예요. 우리 모두. 영원히. 그러면 애스시의 숲들은 예전처럼 존재하게 될 겁니다."

류보프가 셀버의 마음의 그늘로부터 나와 말했다. "나는 여기 있을 걸세."

셀버가 말했다.

"류보프는 여기 있을 거예요. 데이비드슨도 여기 있을 겁니다. 두 사람 다. 내가 죽은 후 사람들은 내가 태어나기 전이나, 당신들이 오기 전 모습대로일지 모르죠. 하지만 내 생각엔 그럴 것 같지 않네요."

〈끝〉

| 헤인 시리즈 작품 목록 |

『로캐넌의 세계(Rocannon's World)』(1966)

『유배 행성(Planet of Exile)』(1966)

『환영의 도시(City of Illusions)』(1967)

『어둠의 왼손(The Left Hand of Darkness)』(1969) 휴고 상, 네뷸러 상 수상.

『세상을 가리키는 말은 숲(The Word for World is Forest)』(1972, 1974, 1976) 단편집. 휴고 상 중편 부문 수상.

『빼앗긴 자들(The Dispossessed)』(1974) 휴고 상, 네뷸러 상 수상.

『바람의 열두 방향(The Wind's Twelve Quarters)』(1975) 단편집. 네 편의 헤인 시리즈 단편 수록. 그중 「혁명 전날」이 네뷸러 상 수상.

『내해의 어부(A Fisherman of the Inland Sea)』(1994) 단편집. 세 편의 헤인 단편 수록.

『용서로 향하는 네 가지 길(Four Ways to Forgiveness)』 (1995) 단편집.

『텔링(The Telling)』(2000) 엔데버 상, 로커스 상 수상.

『세계의 탄생일과 다른 이야기들(*The Birthday of the World and Other stories*)』(2002) 단편집. 수록작 「고독*(Solitude)*」은 1995년 네뷸러 상 수상 작품.

| 어슐러 K. 르 귄 수상 연혁 |

2009 『라비니아(*Lavinia*)』로 로커스 상 수상.

2008 『파워(*Power*)』로 네뷸러 상 수상.

2004 미국 청소년 도서관 협회에서 주는 마거릿 에드워스 상 수상.

2004 『비행기를 갈아타며(*Changing Planes*)』로 로커스 상 수상.

2003 미국 SF 판타지 작가 협회 그랜드 마스터 상 수상.

2003 단편 「사나운 소녀들(*The Wild Girls*)」로 로커스 상 수상.

2002 펜 멜러머드 상 수상.

2002 『어스시의 이야기들(*Tales From Earthsea*)』과 중편 「대지의 뼈(*The Bones of the Earth*)」, 단편 「찾은 이(*The Finder*)」로 로커스 상 수상.

2001 『텔링(*The Telling*)』과 단편 「세계의 탄생일(*The Birthday of the World*)」로 로커스 상 수상.

2001 태평양 뉴욕 베스트셀러 협회에서 주는 공로상 수상.

2000 《LA 타임스》에서 주는 로버트 커시 상 공로상 수상.

1998 시애틀, 범버숏 아트 페스티벌 개막작: 본다 N. 매킨타이어의 「어슐러 K. 르 귄: 폭동을 일으키는 항해자」

1997 단편 「산길들(Mountain Ways)」로 팁트리 상 수상.

1996 『용서로 향하는 네 가지 길』로 로커스 상 수상.

1996 『어둠의 왼손』으로 팁트리 상 수상.

1996 단편 「고독(Solitude)」으로 네뷸러 상 수상.

1995 단편 「용서의 날(Forgiveness Day)」로 디어도어 스터전 상 수상.

1995 단편 「용서의 날」로 로커스 상 수상.

1995 단편 「세그리의 문제(The Matter of Seggri)」로 팁트리 상 수상.

1995 단편 「용서의 날」로 아시모프 리더 상 수상.

1995 「시멘(Semen)」으로 허버브 그해의 시 수상.

1992 『바닷길(Searoad)』로 오리건 도서상에서 주는 H. L. 데이비스 소설 상 수상.

1992 『바닷길』로 퓰리처 상 단편 부문 후보에 오름.

1991 AAIAL(미국의 예술과 문학 아카데미 연구소)에서 주는 해럴드 버셀 상 수상.

1991 단편 「빌 와이즐러(Bill Weisler)」로 푸시카트 상 수상.

1990 어스시 연대기 『테하누(Tehanu)』로 네뷸러 상 수상.

1988 단편 「버팔로 걸(Buffalo Gals)」로 휴고 상 수상.

1988 단편 「버팔로 걸」로 국제 판타지 문학상 수상.

1987 『어느 곳에서나 아득히 멀리 떨어져서(Very Far Away from Anywhere Else)』로 프레 렉투르 주네스 상 수상.

1986 『언제나 집으로 돌아와(Always Coming Home)』로 재닛 하이딩어 카프카 상 소설 부문 수상.

1985 『언제나 집으로 돌아와』로 국제도서상 수상 후보에 오름.

1984 『컴퍼스 로즈(The Compass Rose)』로 로커스 상 수상.

1979 간달프 상 수상.(판타지의 거장에게 수여하는 상이다.)

1979 어스시 연대기의『어스시의 마법사(A Wizard of Earthsea)』로 루이스 캐럴 서가상 수상.

1976 단편「장미의 일기(The Diary of the Rose)」로 주피터 상 수상.

1975 『빼앗긴 자들』로 네뷸러 상 수상.

1975 『빼앗긴 자들』로 휴고 상 수상.

1975 단편「혁명 전날(The Day Before the Revolution)」로 네뷸러 상 수상.

1975 단편「혁명 전날」로 주피터 상 수상.

1974 단편「오멜라스를 떠나는 사람들(The Ones Who Walk Away from Omelas)」로 휴고 상 수상.

1973 『하늘의 물레(The Lathe of Heaven)』로 로커스 상 수상.

1973 『세상을 가리키는 말은 숲』으로 휴고 상 수상.

1972 어스시 연대기의『머나먼 바닷가(The Farthest Shore)』로 국제도서상 어린이 부문 수상.

1972 어스시 연대기의『아투안의 무덤(The Tombs of Atuan)』으로 뉴베리 실버 메달 수상.

1969 『어둠의 왼손』으로 휴고 상 수상.

1969 『어둠의 왼손』으로 네뷸러 상 수상.

1968 어스시 연대기의『어스시의 마법사』로 보스턴 글로브 혼 도서상 수상.

옮긴이 | 최준영

연세대학교 사회복지학과를 졸업하고 서울대학교 서양화과를 다녔다. 오랫동안 문학 편집자로 일했으며, 옮긴 책으로 재키 울슐라거의 『샤갈』, 어슐러 르 귄의 『어스시 전집』(공역), 『하늘의 물레』 등이 있다.

환상문학전집 ● 34

세상을 가리키는 말은 숲

1판 1쇄 펴냄 2012년 10월 15일
1판 2쇄 펴냄 2021년 4월 27일

지은이 | 어슐러 K. 르 귄
옮긴이 | 최준영
발행인 | 박근섭
편집인 | 김준혁
책임편집 | 장은진
펴낸곳 | 황금가지

출판등록 | 2009. 10. 8 (제2009-000273호)
주소 | 06027 서울 강남구 도산대로 1길 62 강남출판문화센터 5층
전화 | 영업부 515-2000 편집부 3446-8774 팩시밀리 515-2007
홈페이지 | www.goldenbough.co.kr

도서 파본 등의 이유로 반송이 필요할 경우에는 구매처에서 교환하시고
출판사 교환이 필요할 경우에는 아래 주소로 반송 사유를 적어 도서와 함께 보내주세요.
06027 서울 강남구 도산대로 1길 62 강남출판문화센터 6층 민음인 마케팅부

한국어판 © ㈜민음인, 2012. Printed in Seoul, Korea

ISBN 978-89-6017-457-3 03840

㈜민음인은 민음사 출판 그룹의 자회사입니다.
황금가지는 ㈜민음인의 픽션 전문 출간 브랜드입니다.